절대꼬마 ①

주더융 지음 / 김진아 옮김

이 세상은 절대적이지 않아. 그냥 이 아이들이 절대적인 거지!

정민
미디어

피터우(披头, '헝클어진/풀어진 머리' '산발'이라는 뜻)

비정상적인 부모가 창조해낸 비정상적인 아이.
매일 정상적인 아이가 되려고 노력하지만,
교내 방송에서는 매번 그의 이름이 불린다.

우마오(五毛, '머리카락(毛)이 다섯 개(五)'라는 뜻)

얌전하고 싶지 않지만 얌전한 척하는 아이.
하지만 아무리 얌전한 척을 해도
부모는 그가 얌전하지 않다는 걸 안다.

타오옌(讨厌, '얄밉다' '밉상'이라는 뜻)

타오옌은 자신이 얄밉지 않다고 생각한다.
하지만 안타깝게도 타오옌이나
타오옌의 부모와 만난 사람은
늘 견디지 못하고 비명을 질러댄다.

내 친구

내 고양이

내 강아지

내 장난감

다시는 여학생이랑 안 싸울 거야…

역시 양을 세는 게 제일 잠이 잘 오는 것 같아…

우리 선생님

우리 부모님

온통 비명뿐인 내 인생….

바오얼 (宝儿. '보배/소중한 아이'라는 뜻)

괴상한 여자아이로, 괴상한 여학생과 함께
괴상한 남학생을 따라다니며,
괴상한 생각이 머릿속에 가득하다.

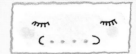

만약 사람에게 눈이 한 쌍 더 있다면,
지금보다 두 배로 더 잘 보일 거야.

만약 사람에게 코가 하나 더 있다면,
지금보다 두 배로 더 잘 맡을 거야.

만약 사람에게 귀가 한 쌍 더 있다면,
지금보다 두 배로 더 잘 들릴 거야.

비싸이 (比赛小子. '시합/겨루기/경쟁 소년' '게임 보이'라는 뜻)

남보다 더 진지한 부모를 둔 까닭에
매일 어쩔 수 없이 남들과 경쟁한다.
그의 우승컵은 해마다 쌓이지만
그의 키는 해마다 줄어들고 있다.

구이쭈뉴 (贵族妞. '귀족 소녀'라는 뜻)

돈 많은 부모를 둔 그녀는 늘 귀족적이다.
그들 가족의 귀족적인 품위는
오직 귀족 학교에서만 통한다.

배고프다는 느낌을 상상할 수 없어.

멋진 옷이 없는 기분을 상상할 수 없어.

만약 사람에게 입이 하나 더 있다면,
나는 어떻게 될까?

지금보다 두 배는 더 뚱뚱할 거야!

얼른 시합에 참가하지 않고 뭐 해!

하인이 없는 생활을 상상할 수 없어.

용돈 줘!

엄마 아빠가 없는 삶을 상상할 수 없어….

아이들은 날마다 그들만의 불가사의한 방식으로 이 세상을 살아간다….

날마다 또 한 번

어린 아이처럼

누구에게나 어린 시절은 있다.

20년 넘게 만화를 그려온 내가 예전에 한 번도 다루지 않은 소재가 두 가지 있는데, 하나는 동물이고 또 하나는 아이다. 동물을 그리지 않은 이유는 내가 너무 동물을 사랑하기 때문이었다. 그래서 나는 동물을 가지고 농담할 수 없었다. 반면에 아이를 그리지 않은 것은 내가 너무 아이를 싫어하기 때문이었다. 그래서 나는 아이 그리는 것 자체를 거부했다.

내가 얼마나 아이를 싫어했느냐면, 내 아이가 태어났을 때도 3일 동안 서재에 틀어박혀 있을 정도였다. 그때 아내가 한숨을 쉬며 말했다.

"이 아이는 나 혼자 기르겠네요."

나는 아이가 싫었다. 내 어린 시절을 별로 떠올리고 싶지 않았기 때문이다.

그러던 중 내 아이가 대여섯 살이 될 때까지 아버지가 아이를 어떻게 사랑해야 하는지 배우게 되었다. 그리고 그 긴 시간 동안 아이와 함께 성장하게 되었다. 아이와 함께하는 동안 나도 오랫동안 잊고 지냈던 내 어린 시절을 다시 보내는 기분이었다.

그때 나는 내 대뇌의 다락방 깊은 곳에 감춰두었던 어린 시절의 수많은 기억을 하나둘 끄집어내어 먼지를 털어냈다. 그중에는 즐거운 기억도 있었고 즐겁지 않은 기억도 있었다. 또한 또렷한 기억도 있었고 모호한 기억도 있었다. 어쨌든 어린 시절을 다시 한 번 겪으면서 내가 어떤 사람이었는지를 들여다볼 수 있었다.

어렸을 때의 나는 자아가 몹시 강한 아이였다. 나는 내가 하기 싫은 일은 절대로 하지 않았고 싫어하는 친구와는 절대로 놀지 않았다. 당연히 나는 어른들이 좋아하는 부류의 아이는 아니었다. 오히려《절대꼬마》만화 속에 나오는 피터우, 우마오, 타오옌의 종합체라고 할 수 있었다.

내가 얼마나 피곤하게 살았을지 상상해보라. 그런데 3년 내내 유치원 창가에서 지나가는 구름만 쳐다보던 그 아이, 방학을 하고 집으로 가던 길에 만난 낯선 사람을 보고 몰래 쿡쿡대던 그 아이, 여름방학 동안 정원 구석에 조용히 쪼그리고 앉아서 벌레와 놀던 그 아이, 선생님과 학교에 불만이 많아 맨날 툴툴대던 그 아이를 머릿속으로 떠올리며 문득 깨달은 것이 있다. 몇십 년 후 내가 삶의 전환점을 만나 힘겹게 고민할 때마다 찾아낸 해답들이 내 어린 시절 '그 아이'가 보였던 다양한 반응을 뛰어넘지 못한다는 사실이다.

알고 보면 우리 어린 시절의 그 아이는 우리가 생각하는 것만큼 그렇게 나약하지 않았다. 오히려 어른보다 정신적으로 더 강했다. 특히 그들의 본능은 무엇보다 강했다. 아마 당신도 알고 있을 것이다. 아이는 갖가지 어려운 선택에 직면했을 때 늘 재빠르게 자신한테 가장 유리한 결정을 내릴 수 있다. 이것은 대부분의 어른이 할 수 없는 일이다. '어른'의 선택은 종종 주변 사람들의 기대에 부합할 뿐, 자신의 진짜 필요에 결정한 것이 아니니까. 나는 어른들이 사회가 요구하는 최고의 합리성 때문에 자신의 본능을 점점 잃어간다고 생각한다. 마치 어린 시절의 기억을 내 머릿속 다락방에 꽁꽁 숨겨놓았던 것처럼!

나는 점점 깨닫기 시작했다. 어느덧 나도 어른 세계에 의해 파괴되었으며, 내 생각과 반대 방향으로 하루하루 나를 밀쳐내고 있다는 사실을 말이다. 그리고 예전에 떠올리고 싶지 않았던 어린 시절을 쌓아둔 것이 아이의 세계와 어른의 세계 사이에서 나 홀로 저항하고 타협하는 것이었음을 깨달았다.

이를 깨달은 것은 내 아이가 열 살이 되는 해였다. 그해 봄, 나는 아이와 함께 베이징의 오래된 전통 가옥 마당에서 눈싸움을 하며 《절대꼬마》를 그리기 시작했다.

그렇다. 아이는 아이 자신의 세계를 가지고 있다. 그것은 어른의 세계와는 확연히 다르다. 그들은 독특한 방법으로 사물을 대하기 때문에 세상 모든 것을 재미있고 엉뚱한 시선으로 볼 수 있다. 이는 사물에 대한 어른의 선입견과는 완전히 반대되는 것이다. 그런데도 어른은 아이의 세계가 어른의 세계에 도움이 안 된다는 이유로 그들을 그 세계에서 필사적으로 끌어내리려고 한다.

《절대꼬마》에서 내가 그린 것은 아이 눈에 비친 세상이며, 아이 세계와 어른 세계 사이의 밀고 당기기다. 나는 두 세계 사이의 밀고 당기기가 앞으로도 계속될 것이라고 생각한다. 또 아직 많은 사람이 항상 날아오를 수 있을 것만 같았던 어린 시절의 기분을 기억하고 있다고 믿는다. 그것이 바로 아이의 세계다. 상상할 수만 있다면 한계란 없다. 수많은 날개를 가지고 구름 위에서 영원히 숨바꼭질을 할 수 있는 것처럼….

누구에게나 어린 시절은 있다. 그리고 사람은 누구나 어른이 된다. 모든 어른은 날마다 각자의 방식으로 노력하며 이 세상을 살아가고, 모든 아이도 날마다 각자 논쟁이 불가능한 방식으로 이 세상을 살아간다. 우리가 마음속으로 날마다 또 한 번 어린아이가 되어본다면, 상상할 수도 없는 삶이 날마다 우리에게 다가올 것이다.

주더융

어린 시절의 나에게 보내는
편지 한 통

너는 나를 잘 모르겠지만, 나는 너를 오랫동안 알고 있었어. 사실 그동안 널 잊고 지냈다는 거, 인정할게.

내가 널 다시 떠올린 건 2000년이었어. 그해 내 아이는 아홉 살이었지. 나는 내 아이의 어린 시절을 함께하면서 나 역시 또 한 번 어린 시절을 보내게 되었어. 그리고 그제야 기억 속 한구석에 있던 널 찾아냈지.

이 편지는 너에게 감사의 말을 전하고자 쓰는 거야. 살면서 힘들고 방황할 때마다 넌 나에게 항상 방향을 가르쳐주었거든. 그 답이 사회적 가치관이나 대중의 기대와 맞지 않았을지도 모르지만, 내 내면의 생각과는 꼭 들어맞았어. 그건 일종의 기쁨이자 나 자신을 아는 일이었지.

어린 시절에 너는 자폐증과 학습 장애를 가지고 있었고 따돌림을 당했어. 하지만 어쩔 수 없이 방관자가 되어버린 너는 오히려 진실이 무엇인지 더욱 분명히 보았지. 하느님은 너에게 문 하나를 닫았지만, 또 하나의 창문을 열어두신 거야.

너는 구속받지 않는 자유로운 생각으로 이 세상을 바라봤어. 그래서 고마워. 그 본질이 지금의 나를 만들었으니까. 그러니 계속 너의 상상력을 발휘해봐. 그 어떤 사람이나 일 때문에 상상력을 버려서는 안 돼. 상상력이 없어지면 이 시대로부터 아웃되니까.

넌 인생에 대해 궁금한 점이 참 많았는데, 이제 나는 네 질문에 대답해줄 수 있어.

넌 행복이 뭐냐고 물었지.
행복은 한평생 별 탈 없이 풍족하게 지내는 것이 아니라, 너와 함께 인생의 역경을 헤쳐갈 사람을 찾아내는 거야.
넌 인생이 뭐냐고 물었지.
인생은 미궁 같아서, 삶의 절반은 입구를 찾고 나머지 절반은 출구를 찾는 거야.
넌 유머가 뭐냐고 물었지.
유머는 상상력의 회전문이야. 어둡고 습한 지하에서 너를 순식간에 밝은 태양이 비추는 해변으로 데려다주지.
넌 성공이 뭐냐고 물었지.
성공은 모든 가치관이 돈으로 변할 때도 여전히 자기 자신을 잃지 않고 계속 꿈을 좇는 거야.

나도 이 답들이 맞는지 확신할 순 없지만 20년, 아니 30년 후에도 계속 나에게 편지를 쓸 거야. 지금 내가 이렇게 너에게 편지를 쓰는 것처럼 말이야.

나의 남은 인생도 너처럼 탐구와 모험과 상상으로 가득할 거야. 내가 다시 혼란에 빠진다면, 나는 머릿속의 타임머신을 타고 너를 찾아가 내가 누구인지 알려달라고 말할 거야.

어린 시절의 나에게 다시 한 번 말할게. 정말 고마워. 난 언제나 너와 함께할 거야. 우리만의 순수한 방식으로 이 시대를 천천히 걸어갈 거야.

한국 독자들께

저는 아직 한국에 가보지 못했지만, 한국 영화와 TV 프로그램은 많이 보았습니다. 그래서인지 제 마음속에는 한국의 역사, 민족성, 현대적 도시, 그리고 한국 사람들에 대한 아름다운 상상으로 가득합니다. 이러한 제 느낌처럼 《절대꼬마》 시리즈 또한 독자 여러분의 삶에 아름다운 상상을 불러일으키길 바랍니다.

주더융

어른의 눈 한 쌍과
아이처럼 순수한 마음 한 조각을 가진

주더융(朱德庸)

장쑤성 타이창시 출생. 1960년 4월 16일 지구에 왔다. 인생의 수많은 소소한 규칙을 받아들이지 못해 매일 독특하고 불가사의한 방식으로 이 세상을 장식하고 있다.

대학에서 영화편집을 전공했으며, 스물여덟 살에 세속적 기준에 맞는 이상적인 일을 하다가 당시 아무도 시도하지 않는 전문 만화가 영역에 뛰어들었다. 세상은 엉뚱하고 재미있는 곳이며 날마다 똑같은 일이 반복되지 않고 무슨 일이든 일어날 수 있기 때문에 전문 만화가가 존재할 수 있다고 생각한다.

그는 말했다. "사회가 현대화될수록 유머가 더 필요하다. 나는 일을 못하거나 실패해도 웃을 수 있다. 그것이 바로 유머의 기능이다"라고. 또 말했다. "만화와 유머는 마치 전봇대와 개의 관계와 같다"라고.

주더융의 작품은 시간이 지나도 여전히 인기가 식지 않고 20여 년간 유행문화를 이끌고 있다. 그의 정식 판본 작품은 중국과 대만에서 이미 700만 부 넘게 팔렸고, 국내외 큰 순위 차트를 차지했다. 작가 위화(余華)는 "주더융은 만화적 기교를 이용해서 우리에게 사랑이 무엇인지를 말해준다"라고 했다. 주더융의 작품은 TV 드라마, 무대극으로 끊임없이 각색되었고, 중국 매스컴에서 '문화계 사람들의 존경을 얻으면서도 시대적 유행을 쫓는 사람들을 정복할 수 있는 유일한 작가'라는 찬사를 받았다.

주더융의 독창성은 사람들을 놀라게 한다. 그의 창작 시야는 끊임없이 넓어지고 있지만, 유머 서술 기법과 갓난아이처럼 순수한 마음은 변함이 없다. 그는 《쌍향포(雙響炮)》 시리즈에서 결혼과 가정에 대해 그렸고, 《삽여랑(澀女郞)》 시리즈에서는 양성과 사랑에 대해 탐구했으며, 《초류족(醋溜族)》 시리즈에서는 젊은 세대의 관점에 대해 분석했다. 《십마사도재발생(什麽事都在發生)》에서는 '주더융식 철학'을 드러냈고, 《관어상반저건사(關于上班這件事)》에서는 천태만상인 인생을 꿰뚫었다. 이 책 《절대꼬마》는 그의 마음속 절대꼬마의 관점을 진실성 있게 보여주고 있다.

작품

《쌍향포 1》, 《쌍향포 2》, 《굿바이 쌍향포 1》, 《굿바이 쌍향포 2》, 《벽력쌍향포 1》, 《벽력쌍향포 2》, 《마라 쌍향포》, 《초류족 1》, 《초류족 2》, 《초류족 3》, 《초류시티》, 《삽여랑 1》, 《삽여랑 2》, 《친애삽여랑》, 《분홍삽여랑》, 《요파삽여랑》, 《점심삽여랑》, 《대자위》, 《십마사도재발생》, 《관어상반저건사》

목차

아이는 여러 가지 빛깔로 세상을 본다,
설령 색맹이라고 해도.

우왕! 조금도 안 빠졌잖아.

땀 빼는 것보다
우는 게 더 쉽게 빠지네.

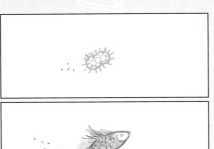

왜 단숨에 어른으로 진화할 수
없는 거야?

인류가 똑바로 설 줄 알아서 다행이야!
안 그러면 사탕을
못 꺼냈을 테니까.

상 받은 아이

상 받은 아이

상 받은 아이

상 못 받은 아이

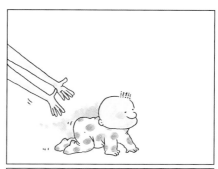

모르는 게 있으면 언제든 물어봐.
그래야 발전하지.

발명가나 과학자들은 어렸을 때부터
끊임없이 질문을 했대.

네가 물어보는 문제라면
난 언제든 환영이야!

우리 아빠는
내가 문제아가 되길 바라나 봐.

아빠,
인생이 대체 뭐예요?

넌 너무 어려서 그런 진지한 문제는
몰라도 돼.

그럼 아빠는 인생이 뭐라고
생각해요?

난 너무 늙어서 이제 그런
진지한 문제는 싫어.

아이 한 명 키우려면
돈이 많이 들어요?

물론이지! 마누라를 한 명 더
얻어도 될 만큼 많이 들어.

엄마, 이제 저한테 잔소리하지 마세요.
제가 없으면 무척 골치 아프실걸요?

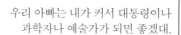

우리 아빠는 내가 커서 대통령이나
과학자나 예술가가 되면 좋겠대.

넌 뭐가 되고 싶은데?

난 나중에 아빠가 되고 싶어.
우리 집에선 아빠 파워가 짱이거든!

우리 아빠가 나더러 아침에 주산,
오후에 컴퓨터, 저녁엔 영어 배우래.

우리 엄마는 나더러
아침에 피아노, 오후에 그림,
저녁엔 발레 배우랬어.

하루 여덟 시간 일정이 빡빡해서 힘들어.

우리도 출퇴근하는 직장인이군!

난 너의 제일 좋은 친구지?

물론이지!

근데 우리 아빠가
사람의 제일 좋은 친구는 개랬어.

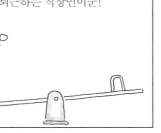

- 사람은 두려움에서 벗어날 자유가 있고, 아이는 현실에서 벗어날 자유가 있다.

- 아이는 상상력이 풍부한데, 어른은 그저 아이의 엉뚱한 모습만 신경 쓴다.

- 아이에게 가장 많은 것은 탐험 정신이다. 그래서 그들은 끊임없이 태어난다.

우마오, 거꾸로 보는 세상은
평소와 너무 다르네.

게다가 이렇게 보는 세상이 더 좋아.

왜?

66점보다는
99점이 더 좋으니까.

난 세상이 온통 사탕으로
만들어졌으면 좋겠어.

우리 아빠도 그랬으면 좋겠대.

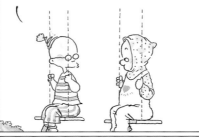

너희 아빠는 아직 순수하시구나!

우리 아빠는 치과의사거든.

● 아이는 긍정적인 시선으로 어른들을 보고, 어른은 부정적인 시선으로 아이들을 본다.

● 아이는 어른의 세상을 마음으로 보고, 어른은 아이의 세상을 눈으로만 본다.

● 아이는 기적을 믿고, 어른은 역사를 믿는다.

아이도 어른도 모두 꿈꾸기를 좋아한다. 다만 아이의 꿈은 보편적이고, 어른의 꿈은 제한적이다.

어른은 온종일 헛된 꿈을 좇으면서, 아이에게는 헛된 꿈을 꾸지 못하게 한다.

아이는 몽상가다. 사춘기가 되면 집에 가기 싫어한다.

이 치아가 아프니?

아니요.

그럼 이 치아는?

안 아파요.

이건? 저건?

둘 다 안 아파요.

아픈 이도 없는데, 여긴 왜 왔니?

어제 이 빠진 자리가 아직 아파서요.

이 세상에는 호인, 악인, 병자, 거지, 부자도 있고….

남자, 여자, 바보, 천재, 성인도 있고….

이렇게 사람이 많은데….

왜 나랑 놀아줄 사람은 없는 거야?

상의도 치마도 전부
브랜드 옷이야.

난 커서 파리에 갈 거야.

우리 엄마는 내가 쇼윈도 모델처럼
예쁘게 꾸미길 바라서.

난 커서 로마에 갈 거야.

정말 근사해.

그럼 넌?

● 아이는 여러 가지 빛깔로 세상
을 본다, 설령 색맹이라고 해도.

● 부모는 모두 자신의 아이가 천
재라고 생각한다. 그래서 수많
은 아이가 부모를 실망시키지
않으려고 어쩔 수 없이 천재인
척한다.

피곤해. 엄마는 내가 쇼윈도 모델처럼
가만히 있어주기도 바라시거든.

살 빼러 갈 거야!

쏘지 마! 난 좋은 사람이라구!

내가 좋은 사람 할 거야!

내가 좋은 사람 할 거야!

- 아이는 습관적으로 '우리의'라고 말하고, 어른은 습관적으로 '나의'라고 말한다.

- 아이의 세계는 장난감으로 하늘을 만들고, 사탕으로 땅을 만들며, 게임이 법이고, 부모가 사계절이다.

- 어른의 세계는 지위로 하늘을 만들고, 돈으로 땅을 만들며, 인간관계가 법이고, TV가 사계절이다.

어디 증명해봐!

내가 좋은 사람 할 거라니까!

내가 할 거라고!

예전에 너한테 10위안도 빌려주고, 로봇이랑 게임카드랑 디지몬 펜들럼♥도 빌려줬는데, 여태 안 돌려줘도 아무 말 안 했잖아.

싸우지 마.
이 세상에 완벽하게 좋은 사람은 없어.

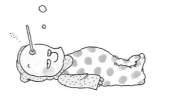

으이구,
입을 막으려고 죽이다니….

너무 세상에 찌들었군!

♥ 디지몬 펜들럼: 게임기 중 하나

우리 아빠가 그러는데,
인생은 현금지급기 같아서
네가 모은 돈만 가질 수 있대.

어른들은 삶이
너무 힘들어 보여.

그럼 다른 사람 돈은
절대 가질 수 없는 거야?

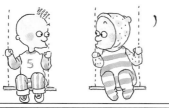

아이들은?

물론 가질 수 있지.

우리 아빠 말이 그건 결혼이래,
인생이 아니라.

아이들은 태어난 것 자체가 고생이지.

● 아이는 모두 철학가다. 대부분
의 아이가 도무지 이해하기 어
려운 부모를 가지고 있기 때문
이다.

● 부모는 모두 교육자다. 대부분
도무지 이해하기 어려운 교육
방식을 가지고 있기 때문이다.

● 어른의 사명은 출근이고, 아이
의 사명은 등교이다.

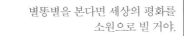
별똥별을 본다면 세상의 평화를
소원으로 빌 거야.

어른은 모두 경쟁심이 있다. 하지만 나이가 많고 경쟁하기 힘든 일이 많아서 아이에게 대신 경쟁하게 한다.

어른은 어른의 세계를 볼 때 성공을 기준으로 삼고, 아이의 세계를 볼 때 성적을 기준으로 삼는다.

귀찮게 별똥별을
왜 기다려?

우리 엄마는 매번 내가 잠들면
세상이 다 평화롭댔거든.

와! 저 언니 좀 봐!

저런 언니들처럼 아름다움을 유지하려면
작을 때부터 시작해야 해.

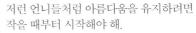

몸이 작을 때부터?

아니, 작은 마누라부터.

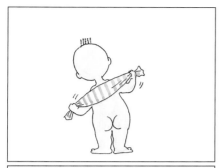

우마오, 너 씻기는 한 거니?

당연히 씻었죠.

부모는 아이가 자신들의 말을 듣길 바라고, 아이는 부모가 자기의 말을 듣길 바란다. 그 결과 서로가 서로의 말을 듣지 않는다.

인생은 잘못과 용서를 끊임없이 반복한다. 부모가 아이의 잘못을 용서하면, 아이는 자라서 부모가 예전에 저지른 잘못을 용서한다.

근데 왜 수건이 말라 있어?

목욕을 하고 나면,
수건도 목욕을 해야 해…

엄마는 도대체 친아들 말을 믿어요,
아니면 아무 관계도 아닌 수건을 믿어요?

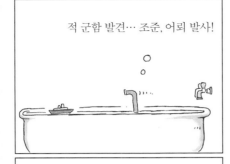

적 군함 발견… 조준, 어뢰 발사!

램프야, 램프야. 소원 하나만 들어줘.
난 평생 학교 안 다니고 싶어.

어른의 세계는 숫자의 세계다. 아이의 세계는 즉석식품의 세계다.

아이의 세계는 사탕으로 만들어지고 어른의 세계는 사탕을 살 돈으로 이루어진다.

어른의 스트레스 원인은 업적이고, 아이의 스트레스 원인은 성적이다.

피웅-!

미안해. 난 너의 소원을
들어줄 수 없어.

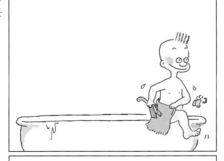

왜냐하면 난 요술 램프가 아니라
네 침대 옆에 두는 요강이거든.

누가 욕조에다 볼일 봤어?!

엄마, 오늘 꼭 학교에 가야 돼요?

학교 가기 싫으면 하루 종일
우리 집 바닥이나 닦아라.

됐어요, 그냥 학교 갈래요.

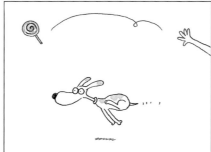

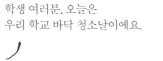

학생 여러분, 오늘은
우리 학교 바닥 청소날이에요.

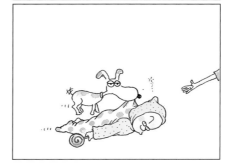

- 아이의 머릿속에는 '말도 안 되
  는' 일들이 가득하고, 어른의
  머릿속에는 '하면 안 되는' 규
  칙들이 가득하다.

- 백마를 탄 왕자와 백설공주가
  어울린다고 생각하는 것은 어
  른의 생각이다. 햄버거와 감자
  튀김, 콜라가 어울린다고 생각
  하는 것은 아이의 생각이다.

- 인생이 한 편의 연극이라면, 아
  이는 못된 장난이다.

앉아! 일어서!

굴러! 죽은 척해!

멍청하긴! 한 마디도 못 알아듣네!

앞으로 개는 함부로
건드리지 말아야겠어….

앞으로 너희 엄마는
함부로 건드리지 말아야겠어….

하루 종일 싸우시는 엄마 아빠 때문에
돌아버리기 직전이야!

그래서 나 가출할 거예요!

힝, 엄마 아빠가 돌아와서 다시
가출하시기 전에 그때 가출해야겠다.

이번에 가출하면
어디로 갈 생각이야?

여기로.

하지만 여긴
너희 집 코앞인걸….

내가 지금
이 정도 나올 돈밖에 없거든.

너 가출할 때 뭘 들고 나갈 거야?

우리 아빠가 그러는데, 화가 나면
1부터 100까지 세어보래.

음… 면도칼, 오드콜로뉴♥,
신용카드, 넥타이…

그러면 마음이 편안해지고
아무렇게나 화를 내지 않게 된대.

엥? 이건 우리 아빠 물건이잖아?

장난감… BB총… 디지몬 펜들럼….
망했다. 오늘은 가출할 생각 말아야지….

난감하군. 이제 겨우 60까지 배웠는데.
그다음은 선생님이 아직 안 가르쳐주셨어.

♥ 오드콜로뉴: 남성 향수의 일종

아주머니, 피터우가 가출했는데 걱정 안 되세요?

걱정 마.
금방 나타날 거야.

왜 울어?

나도 몰라.
갑자기 울고 싶어졌어.

미친놈.

우는 이유로 딱 좋네.

오직 신만 귀신을
쫓아버릴 수 있는 거야?

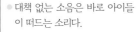

- 대책 없는 소음은 바로 아이들이 떠드는 소리다.

- 아이는 문제를 만드는 당인인 동시에 문제를 해결하는 당인이다. 아이가 그 자리를 떠나면 문제는 곧바로 사라지기 때문이다.

- 소위 아동 전문가는 아이의 세계를 이해한다고 생각하지만, 사실은 어른의 세계를 잘 이해하지 못하는 사람일 뿐이다.

물론이지. 게다가 신과 관련된 것도
귀신을 쫓을 수 있댔어.

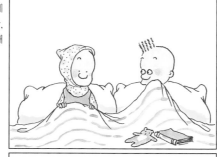

정'신(神)'병도 가능할까?

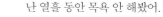

난 최고로 일주일 동안
목욕 안 해봤어.

난 열흘 동안 목욕 안 해봤어.

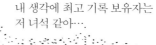

내 생각에 최고 기록 보유자는
저 녀석 같아….

사람은 왜 씻어야 하는지 생각 중이야.

뉴턴은 사과나무 아래에서 만유인력의 법칙을 발견했다.

아인슈타인은 우리 나이에 그런 사소한 문제로 고민하지 않았을 거야.

● 아이 한 명은 그냥 아이 한 명 일 뿐이지만, 아이 두 명은 한 바탕 재난과 같다.

● 재난의 규모 정도는 아이의 수 와 정확히 비례한다. 그 손해의 정도는 아이의 나이와 정확히 반비례한다.

● 아이는 시장경쟁 활성화에 도움 이 된다. 끊임없이 물건을 못쓰 게 만들기 때문이다.

사람과 개와 고양이는 왜 씻어야 하지?

뉴턴에게는 사과가 한 개만 떨어졌을 거야. 안 그러면 법칙이고 뭐고 아무 생각도 안 났을 테니까….

● 잘못을 되풀이해서 범하지 않는 가장 간단한 방법은 두 번째 잘못을 저질렀을 때 절대로 인정하지 않는 것이다.
_어느 장난꾸러기의 개똥철학

● 아이는 신화, 동화, 농담, 귀신 이야기 듣는 것은 좋아하지만, 말 잘 듣는 것은 좋아하지 않는다.

뉴턴은 사과 한 개로 중력을 발견했어.

으악, 중력이 사라졌다!

세상에 귀신은 없어. 귀신은 없다구….

여태 안 자고 무슨 귀신 장난이야!

세상에 귀신이 있구나….
귀신이 있었어….

엄마가 이번에는
오랫동안 가출하실 건가 봐.

이번 달에 몇 번이나 가출했어?

많지는 않아. 아빠보다 적어.

너희 아빠는 몇 번이나 가출했는데?

많지는 않아. 엄마보다 적어.

● 어른과 아이의 가장 큰 차이점
은, 아이는 오직 장난감에 신경
쓰고, 어른은 오직 장난감 가격
에 신경 쓴다는 것이다.

● 출생에 관한 다섯 가지 법칙
① 멍청한 부모는 멍청한 아이
를 낳는다.
② 총명한 부모는 총명한 아이
를 낳는다.
③ 멍청한 부모는 총명한 아이
도 낳는다.
④ 총명한 부모는 멍청한 아이
도 낳는다.
⑤ 태어난 아이가 부모의 총명
함과 멍청함을 결정한다.

너 귀신 본 적 있어?

고양이는 목숨이 아홉 개나 된대.

자신의 아이가 멍청하다고 함부로 욕하지 마라. 때로는 자기 자신을 욕하게 될 수 있다.

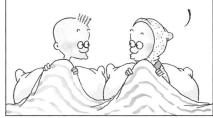

없어. 하지만 아빠 표정을 보면, 아빠는 분명히 귀신을 본 것 같아.

누가 그래. 내가 예전에 기른 고양이는 한 번 죽으니까 다시는 못 살아나던데.

언제?

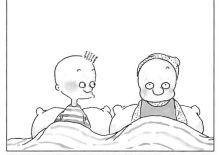

아빠가 다른 아줌마랑 데이트하다가 엄마를 마주쳤을 때.

아마도 네 고양이가 숫자를 못 배워서 몇 번 살아날 수 있는지 몰랐을 거야.

044

● 좀 더 어리석은 어른이 세상을 위해 좋은 것을 창조해낼 수 있다. 예컨대 아이를 낳는 것처럼.

● 어른에게는 어른의 세계가 있고, 아이에게는 아이의 세계가 있다. 어른은 아이를 그들의 세계로 끌어당기려고 온갖 방법을 쓰지만, 아이는 오직 자신의 세계에 머물고 싶어 한다.

● 어른 세계와 아이 세계의 공통
된 문제는, 아이에게는 용돈이
늘 부족하고 어른에게는 월급
이 늘 부족하다는 것이다.

● 아이는 울고 싶으면 울고, 웃고
싶으면 웃고, 소리 지르고 싶으
면 소리 지른다. 이것은 아이와
어른의 가장 큰 차이점이다.

● 아이는 한쪽 눈만 떠도 친구를
사귈 수 있다.

우리 아빠가 그러는데 누가 내 손을 잡으면
나랑 결혼해야 한댔어.

내가 여자애 둘이랑 손 잡았다고
너희 아빠가 뭐라 하진 않으셨어?

근데 나 방금 전에
저 애 손도 잡았는걸?

아무 말씀도 안 하셨어.

끔찍하군. 벌써 바람 문제로
괴로워해야 하다니.

지금 아빠는 어제 다른 여자 손을
잡은 일로 엄마한테 해명하고 계시거든.

그 후로 왕자와 공주는 행복하게 살았습니다.

잠이 안 와요!

흥! 다 우릴 속이려고 지어낸 동화야!

잠자리 동화 좀 읽어주세요.

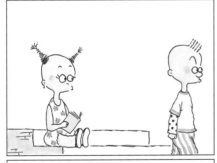

그렇게 안 자고 떠들면 널 때릴 거야.

들켰군! 우리 아빠도 이 동화로 엄마를 속인 적 있는데….

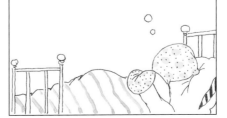

세상에서 제일 효과적인 잠자리 동화군.

아이는 모두 어릿광대를 좋아한다. 하지만 어른은 아니다. 자신이 어릿광대와 충분히 닮았다고 생각하기 때문이다.

어른이 생일 케이크에 초가 많은 걸 싫어하는 이유는 자신의 나이가 들통 나는 것이 싫어서다. 아이가 생일 케이크에 초가 많은 것을 싫어하는 이유는 초에 생크림이 많이 묻어 나가는 게 싫어서다. .

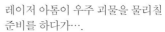
난 우주에서 가장 위대한
레이저 아톰!

레이저 아톰이 우주 괴물을 물리칠
준비를 하다가….

별이 가득한 밤하늘을 날아다니며,
인류의 행복을 위해 싸우지.

어찌된 일인지 갑자기 레이저총을
내려놓았다.

● 아이는 모두 **낙천주의자**여서, 그들 때문에 좋은 일이 생긴다. 어른들은 모두 **비관주의자**여서 좋은 일도 그들 때문에 나쁜 일이 되어버린다.

● 아이는 늘 웃는 얼굴로 사람을 맞이한다. 왜냐하면 어른이 되면 웃기 힘들다는 걸 알기 때문이다.

억! 은하계에서 가장
사악한 힘이 나타났다.

사람들은 그가 왜 세계의 평화를 얻을
기회를 포기했는지 알 길이 없었는데….

얼른 일어나서 학교 가.

알고 보니 숙제를 하러 집에 간
레이저 아톰. 자기 세계의 평화가
내일 선생님 때문에 깨질까
무서웠다고 한다.

양 한 마리, 양 두 마리, 양 세 마리, 양 네 마리….

양 스무 마리, 양 스물한 마리, 양 스물두 마리, 양 스물세 마리….

양 예순 마리, 양 예순한 마리, 양 예순두 마리, 양 예순세 마리….

엄마, 제 방에 고약한 양 냄새가 진동하는데 여기서 자도 돼요?

레이저 아톰이 또 다시 전 세계를 구하러 나섰다!

그러나 우주 괴물의 위력은 그야말로 대단했다.

레이저 아톰은 괴물이 쏜 여덟 개의 전기 링에 갇혀 괴로워했다.

나쁜 녀석! 어떻게 시험 여덟 개가 전부 빵점이니!

● 어른의 속도는 늘 아이보다 빠르다. 어른의 상상은 늘 아이보다 느리다.

● 어른에게 시간은 늘 빠듯하고, 아이에게 시간은 언제나 무궁무진하다.

● 어른에게 세상은 더 커져도 딱 그만큼만 가질 뿐이고, 아이에게 자신의 세상은 이미 너무 크다.

일촉즉발의 위기에 놓인 제3차 세계대전,
레이저 아톰이 또 출동할 때가 왔다.

아빠의 여행가방.

레이저 아톰의 거듭되는 간선 덕분에,
부시와 빈 라덴은 악수하고 화해하게
되었다.

엄마의 여행가방.

간선이 뭐니! '알(斡)'♥ 선이지.
대체 뭘 쓴 거야?!

내 여행가방.

휴, 글자 하나 때문에 제3차 세계대전이
돌이킬 수 없게 되다니.

누가 먼저 가출할지
뽑기로 정합시다.

♥ 알(斡): '빙빙 돌다'는 뜻도 있음

세상의 모든 단 음식이 다 내 사탕이라면 얼마나 좋을까!

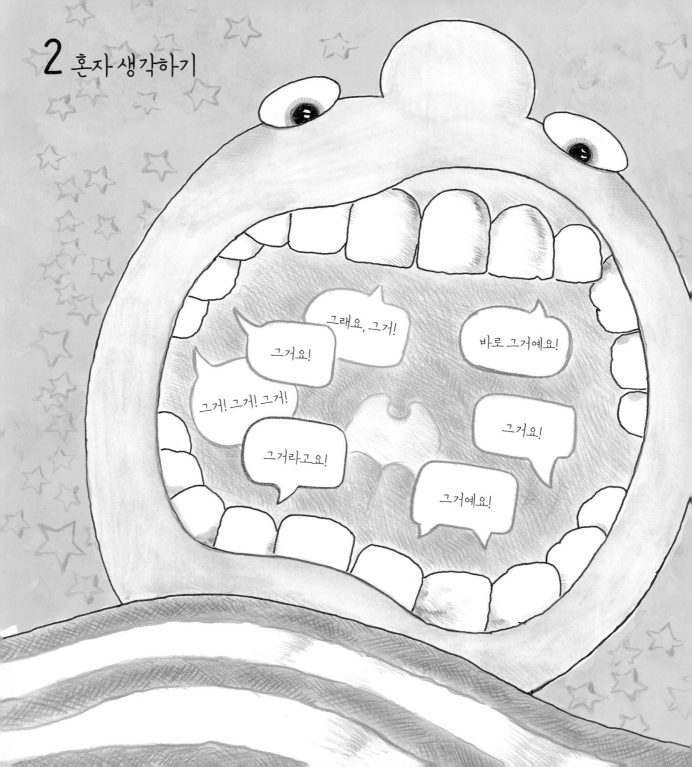

어른은 매일 다른 사람들을 조금씩 알아가고,
아이는 매일 자기 자신을 조금씩 알아간다.

동물이 사람에게
음식을 줄 수도 있네….

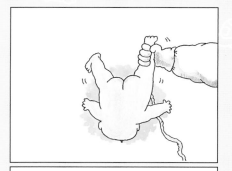

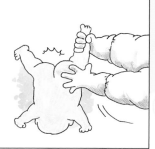

꼭 이런 방식으로 이 세상에 온 나를
환영해줘야 하는 거야?

앞쪽도 태우고

뒤쪽도 태우고

옆쪽도 태우고

'안쪽'도 태우고

어릴 때부터 어른들의
위선적인 세상을 연습해둬야 해.

세상이 거꾸로 뒤집힌다면
정말 무서울 거야.

세상이 온통 흑백이라면
정말 슬플 거야.

세상이 기울어져 있다면
정말 웃길 거야.

세상이 정반대가 된다면 정말
행복할 거야.

와! 아들, 정말 대단해.
또 빵점을 맞았네.

세상에서 가장 위대한
외줄타기 달인 피터우.

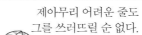

1….

제아무리 어려운 줄도
그를 쓰러뜨릴 순 없다.

2….

3….

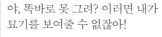

야, 똑바로 못 그려? 이러면 내가
묘기를 보여줄 수 없잖아!

아직 충분히 단련하지 못했어. 너 내일은
더 힘내야 돼.

요즘 암산 배우는 거 어때?

65994276 × 47918796
= 5377629947

우와! 정말 대단하다!

답이 맞는지 틀렸는지 누가 알겠어.
내가 이렇게 긴 숫자를 말할 수 있다니.
그걸로 충분히 대단한 것 같아!

우리 시내에서 하나뿐인
메아리 골목이야. 해볼래?

한 번 말하는 데 3위안.
마음에 안 들면 돈 안 받아.

필요 없어. 우리 집에도 있어.

엄마가 하시는 말을 모두
우리 아빠가 그대로 복창하시거든.

천사는 장난꾸러기 천사, 먹보 천사, 수호천사, 축제 천사, 행운 천사로 나눈다. 그러나 대부분의 아이는 평생 한 가지 천사만 만난다. 그 천사는 바로 언제나 지지해주는 엄마다.

만약 아이가 천사라면, 어른은 지극히 평범한 사람이다.
_완전 짜증

♥ 타오옌: '얄밉다'는 뜻

밀 쏘려고?

아기새.

● 아이가 어른 흉내를 내면 사랑
스럽고, 어른이 아이 흉내를 내면
끔찍하다.

● 아이가 어른 흉내를 내면 분명
히 뭔가 속이는 것이 있고, 어른
이 아이 흉내를 내면 분명히 어
디가 아프다.

● 가식적인 아이와 가식적이지
않은 어른은 또 끔찍하다.

선생님이 어린 동물을
보호하랬잖아.

컵 한 개에다가 던지는 건
재미없어요.

저 나쁜 녀석이….

잡아야 보호하지.

● 아이의 세계는 사람을 놓고 싶
게 만들고, 어른의 세계는 사람
을 도망가고 싶게 만든다.

● 아이는 얼른 자라길 바란다. 그
래야 어른이 얼마나 어리석은
지를 분명히 알 수 있으니까.

번개가 가장 빈번하게
나타나는 게 언제일까?

여름날 오후.

틀렸어.

높은 산 정상.

틀렸어.

공포영화 속이야.

난 스파이더맨이 되고 싶어.

불가능해.

난 슈퍼히어로가 되고 싶어.

불가능해.

난 투명인간이 되고 싶어!

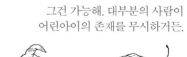

그건 가능해. 대부분의 사람이
어린아이의 존재를 무시하거든.

● 어른은 돈 있는 사람과 없는
사람 둘로 나뉘고, 아이는 부모
가 돈이 있는 사람과 부모가 돈
이 없는 사람 둘로 나뉜다.

● 아이는 늘 "왜 나야?"라고 묻
고, 어른은 항상 "내가 뭣 때
문에?"라고 묻는다.

● 아이는 용기가 많다. 왜냐하면
그들은 두려움을 모르기 때
문이다.

어른을 가장 못 참게 만드는 건 아무 계획 없이 제멋대로 하는 아이의 행동이다. 아이를 가장 못 참게 만드는 건 어른이 완벽하게 미리 세워둔 인생 계획이다.

어디에서 넘어지든 거기서 다시 일어나면 된다는 명언은 단지 아이에게만 해당된다.

악! 네가 우리 부엌을 밟아서 못쓰게 만들었어!

으! 네가 내 마라휘귀를 밟아서 납작하게 만들었어!

야! 네가 우리 아기의 귀리죽을 밟아서 더럽게 만들었어!

소꿉놀이하는 여학생보다 더 신경질적인 건 없어….

네 등에 애벌레 붙었어.

퍽!

네 등에 애벌레가 붙어 있는 거랑 나랑은 상관도 없는데 왜 때려!

그래, 너랑 상관도 없으면서 왜 알려주고 난리야!

내가 방금 시를 하나 지었어.
'침대 앞에 쏟아지는 달빛, 땅 위에 서리가
내린 듯했네. 고개를 들어 밝은 달을
바라보고, 고개 숙여 고향을 그리워하네.'

너희들 내가 지은 즉흥시
한번 들어볼래?

그게 이백의 시라는 건
누구나 다 알아!

햇살, 이슬, 봄바람, 딱정벌레,
바퀴벌레, 지렁이….

소나기, 꽃향기, 모기….

그게 무슨 상관이야. 이백만 모르면 되지.

… 우마오, 바오얼, 자냐?

● 아이는 엉덩이로 방귀를 뀌고♥,
어른은 입으로 그런다.

● 어른은 항상 아이에게 거짓말
하지 말라고 가르친다. 그러나
거짓말 시범을 가장 많이 보여주
는 것도 어른이다.

● 아이가 거짓말을 하는 것은 기억
력이 좋기 때문이 아니라, 창의
력이 뛰어나기 때문이다.

♥ 방귀 뀌다(放屁): '헛소리를 하다'라는 뜻도 있음

내가 어제 즉흥시를 하나 지었어.
"봄은 따뜻하고, 여름은 덥고,
 가을은 시원하고, 겨울은 춥네."

여보세요, 경찰 아저씨?
저 신고할 게 있어요.

- 아이는 머지않아 나쁜 어른들에 의해 파괴될 것이고, 어른은 나쁜 아이들에 의해 이미 파괴되었다.

떠들지 마. 나 내일 시험이야.

내일 우리 집에
살인 사건이 일어날 것 같아요.

- 아이의 머리는 미궁과 같아서, 빙빙 돌다 보면 온갖 가능성이 보인다. 어른의 머리는 늪과 같아서, 제자리걸음을 하게 만들 뿐만 아니라 아래로 빠지게 한다.

왜 내일이냐고요?

"봄은 따뜻하고, 여름은 덥고, 가을은
시원하고, 겨울은 춥고, 내일은 큰일 났네."

내일은 제 성적표가
나오는 날이거든요.

빵점을 받고도 웃음이 나오니!

처음엔 괴롭겠지만
점점 익숙해지실 거예요.

● 다른 사람의 장난감은 항상 자기 것보다 새롭고, 다른 사람의 사탕은 자기 것보다 달콤하며, 다른 사람의 부모는 반드시 자기 부모보다 좋다.

● 아이가 외부 세계에 대처하는 유일한 방법은 거짓말이다. 어른도 다를 바 없다.

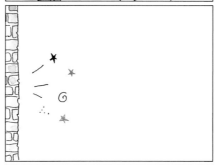

알았어요. 그게 내 성적임을 인정하죠.

처음엔 아프지만 점점 익숙해질 거야.

아이는 매일 학교에 가고

어른은 매일 회사에 가고

그런 삶을 상상하면 미쳐버릴 것 같아!

미친 사람은 매일 목매달아 죽으려고 하지.

이상하네. 평소 이맘때쯤에는 배가 꽤 고프던데….

왜 하루는 24시간 밖에 없을까?

하루가 25시간이면 좋을 것 같아.

한 시간 더 많으면 어쩌려고?

꼬르륵

왜 하루는 24시간 밖에 없는지를
한 시간 동안 생각하게.

왜 매번 머리가 뭔가를 생각하려고 하면,
배는 음식을 생각하는 걸까?

난 지금 이 모자에서 많은 음식을
꺼내는 마술사가 되려고 연습 중이야.

그럼 어느 단계까지 연습했어?

누가 냉장고에 있는 음식을
전부 먹어 치운 거야!

마지막 부분은 분명 어른의 꿈속일 거야.

지금은 단지 많은 음식을
사라지게 만드는 단계까지 연습했어.

너희 두 녀석이 우리 집 벨을 눌렀지!

제가 누른 거 아니에요.

너희들이 누르는 걸 내가 분명히 봤는데!

과학적 사고를 가지세요. 눈으로 본 걸 다 믿으면 안 된다고요.

위인들도 어렸을 때 결코 위대하지 않았구나.

유명 인사도 어렸을 때 그다지 유명하지 않았어.

나쁜 사람도 어렸을 때 그렇게 나쁘진 않았네.

어쩐지 아이가 쓴 회고록은 없더라.

아이 줄서기의 재미있는 법칙
① 짧은 줄에 서지 말 것. 사람이 적은 곳은 재미가 없다.
② 긴 줄에 서지 말 것. 사람이 많은 곳엔 이미 누군가가 좋은 것을 다 가져갔다.
③ 키 큰 아이 앞에 서지 말 것. 그가 언제라도 앞으로 끼어들 수 있다.
④ 아무리 신중하게 줄을 선택해도, 다른 줄이 더 빨리 움직인다.
⑤ 생각을 바꿔 다른 줄 맨 뒤에 서면, 원래 서 있던 줄의 속도가 갑자기 빨라진다.
⑥ 차례가 돌아올라치면 선생님이 갑자기 불러서 그 줄에서 나오게 만든다.

세상의 종말은 어떨까?

완전히 혼란에 빠져서, 비명에 울음소리에 난리도 아니겠지.

그래도 상상이 안 돼.

우리 엄마가 체중계 위에 올라갔을 때를 잘 살펴보면 알아.

엄마, 제가 미리 비명을 질러났어요. 나중에 엄마가 덜 지르게요.

그날 내가 아빠 담배를
몰래 한 모금 펴봤어.

너희 같은 애들은 상상도 못할
죽음의 공포를 느꼈지.

한 모금 폈다고 안 죽어.

하지만 아빠에게 들키면
죽을지도 모르잖아.

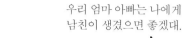

우리 엄마 아빠는 나에게
남친이 생겼으면 좋겠대.

우리 엄마 아빠는 나에게
여친이 생겼으면 좋겠대.

너는?

우리 엄마 아빠는
내가 안 태어났으면 좋았을 거래.

음식을 많이 먹기 위한 대식가
의 소소한 팁
① 맛있는 것부터 먹는다. 맛없
  는 음식은 늘 많이 남으니까.
② 삼키기 쉬운 것부터 먹는다.
  그래야 짧은 시간 내에 많은
  음식을 배 속에 집어넣을 수
  있다.
③ 자신보다 최대 적재량이 많
  은 아이 옆에는 앉지 않는다.
  그 아이가 충분히 못 먹었을
  경우 음식을 빼앗아 먹을지
  도 모른다.
④ 먹기 전에 우선 돈을 내야
  하는지 아닌지를 분명히 해
  둔다.
⑤ 그냥 멈추지 않고 계속 먹다
  보면 가장 많이 먹을 수 있다.

호호… 죗값을 치를 준비를 해라….

광고시간,
히히 기분 좋아지는 사탕,
한 개 또 한 개….

본편이
시작됩니다.

호호… 죗값을 치를 준비를 해라….

공포 특집 프로그램을
시청해주셔서 감사합니다.

와, 너 담이 크구나.
처음부터 끝까지 다 보다니!

뭐라고?

● 아이는 작은 거짓말을 하고, 어른은 큰 거짓말을 하며, 작지도 크지도 않은 사람은 매일 작고 큰 거짓말에 지배당한다.

♥ 대만에서는 음력 7월을 '귀신의 달(鬼月)'이라 하는데, '귀신'이라고 말하지 않는 등 지켜야 할 금기 사항이 많음

● 사탕에 관한 비밀 법칙
  ① 저렴한 사탕일수록 맛있다.
  ② 내 치아 개수와 내가 먹은 사
    탕은 반비례한다.
  ③ 이가 아픈 날에는 사탕을 얻
    을 확률이 가장 크다.
  ④ 다른 사람의 입에 있는 사탕
    은 반드시 내 입에 있는 사탕
    보다 달다.
  ⑤ 똑같은 사탕이라도 내 사탕
    보다 다른 사람의 사탕이 더
    크다.
  ⑥ 만약 내가 비교적 큰 사탕을
    가지고 있는데, 내 것보다 작
    은 사탕을 가진 아이의 덩치
    가 나보다 크다면 그 결과는
    상상에 맡긴다.

♥ 심술쟁이(討厭鬼), 짠돌이(小氣鬼), 먹보(好吃鬼), 욕심쟁이(貪心鬼): 모두 '귀신 귀(鬼)'자 가 들어감

● 장난감에 관한 아이의 일곱 가
지 고민
① 지금 가지고 있는 장난감은
내가 원하는 것이 아니다.
② 다른 사람의 장난감은 늘 내
것보다 재미있고 새롭다.
③ 좋아하는 장난감은 늘 비싸
서 살 수가 없다.
④ 싫어하는 장난감일수록 튼
튼하다.
⑤ 갖고 싶었던 장난감을 겨우
가지게 되면, 이미 스타일이
한참 뒤처져 있다.
⑥ 비싼 장난감일수록 쉽게 고
장 난다.
⑦ 장난감이 고장 나면 부모는
절대로 장난감을 탓하지 않
고 나를 탓한다.

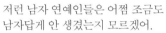

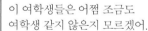

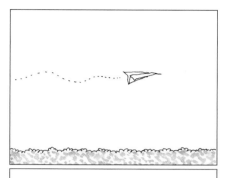

미녀 아가씨,
내게 키스해줘.
그럼 난 왕자로
변할 수 있어.

누가 내 연애편지를 받았을까?

아이는 모두 사악한 면을 가지고 있다. 단지 귀여움으로 그것을 감출 뿐이다.

어른은 초과 근무를 해야 하고, 아이는 보충수업을 해야 한다. 맙소사! 세상이 왜 이래!

누군지 몰라도 따뜻함을 느꼈을 거야.

날 속이다니! 왕자가 아니잖아!

새로 생긴 둥지가 정말 따뜻하네.

너도 날 속였어.
미녀가 아니잖아!

키스 한 번만 해줘. 그럼 난 왕자로 변할 수 있어.

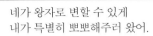

네가 왕자로 변할 수 있게 내가 특별히 뽀뽀해주러 왔어.

왜 왕자로 안 변해?

우리 둘 다 동화에 속은 거야.

다음번에는 키스부터 하고 벌레를 먹어야겠다….

못생긴 개구리에게
내 첫 키스를 빼앗겼어.

키스 한 번만 해줘.
그럼 난 왕자로
변할 수 있어.

뭐? 너도 빼앗겼어?

나도 그랬어!

에휴, 동화가 전문적으로
우리 같은 어린 여학생들을 속인 거야…

넌 왜 나에게
뽀뽀 안 해줘?

말하는 왕자보다 말하는 개구리가
더 가치 있거든.

만약 전 세계의 장난감이 모두 내 것이라면 정말 끝내줄 텐데!

아이가 어린 요정인지, 아니면 어린 요정이 아이인지는 아무도 모른다.
다만 우리는 어린 요정과 아이 사이에 공통된 법칙이 많다는 것은 알고 있다.

누가 그랬어?
난 내가 안 했다고 말했고, 쟤는 쟤가 안 했다고 말했고, 너는 네가 안 했다고 말했는데,
선생님은 분명 이 중에 누군가 했다고 말했다!
도대체 누가 한 것일까?
쟤는 쟤가 안 했다고 말했고, 너도 네가 안 했다고 말했고, 나도 당연히 내가 안 했다고 말했다.

즐거운 요정 법칙

날마다 즐거운 하루, 매분 매초가 즐거운 순간, 모든 일이 즐거운 체험.

이 세상은 정말 네 눈을 번쩍 뜨게 만들 만큼 즐거운 곳이야.

혹시라도 그 사실을 잊었다면 얼른 눈을 감았다가 다시 떠봐.

슬픈 요정 법칙

내가 제일 눈물이 많고, 내가 제일 크게 울고, 내가 제일 슬픔에 빠지지.

1초 전에는 웃었다가, 1초 후에는 울고.

1초 전에는 울었다가, 1초 후에는 또 까먹고.

심심한 요정 법칙

이 세상이 심심하다고? 맞아. 모든 게 다 심심해. 하지만 난 심심한 일을 하는 게 좋아.

아무리 심심해도 상관하지 않으니까.

그런데 세상이 심심할 리 있겠어?

더러운 요정 법칙

아빠는 이게 더럽다고 말하고, 엄마는 저게 더럽다고 말해.

할머니는 그렇게 하면 더럽다고 말하고, 누나는 저렇게 하면 더럽다고 말해.

사실 난 모든 것이 다 재미있고, 더럽든 더럽지 않든 똑같이 즐거워.

도대체 어떤 걸 더럽다고 하는 거야?

나쁜 요정 법칙

아무도 몰라. 오직 나만 알지. 이 세상에 있는 모든 것은 파괴해야 하는 거라구.

만약 파괴하지 않으면 머지않아 그게 고장 날 거거든. 그래서 내가 먼저 그걸 망가뜨려야 해. 내 말이 맞지?

꿈꾸는 요정 법칙

낮의 모든 진실과 밤의 모든 꿈을 더하면 우리만의 동화가 돼. 이건 아이만 겨우 알지.

어른들은 우리에게 꿈과 진실을 구분하라고 하는데, 그럼 우리의 동화가 점점 적어질 텐데 어떡하지?

게으른 요정 법칙

세상에서 가장 편한 일은 아무것도 하지 않는 것.

세상에서 가장 재미있는 일은 아무것도 하지 않는 것.

세상에서 가장 중요한 일은 아무것도 하지 않는 것.

부지런한 요정 법칙

여기 닦고, 저기 씻고, 정리하고 또 정리하고, 접고 또 접고. 난 하루 종일 바빠. 어른을 돕느라 바쁘지.

어른들은 말하지, 네가 뭔가 도울수록 바빠지고, 네가 뭔가 바쁘게 움직일수록 더 도와야 한다고.

먹보 요정 법칙

내 입은 음식을 맛있게 먹을 때 쓰고,
내 코는 향긋한 음식 냄새를 맡을 때 쓰고,
내 귀는 달그락거리는 접시 소리를 들을 때 쓰고,
내 눈은 아이스크림과 사탕을 볼 때 쓰고,
내 엉덩이는 너무 많이 먹었다고 어른에게 두드려 맞을 때 쓴다.

활발한 요정 법칙

난 매분마다 움직이고, 매초마다 움직이며, 잠잘 때나 일어날 때도 움직여.
여덟 명의 축구 공격수가 릴레이 경기를 해도 나를 이길 수 없고,
열 명의 야구 팀원이 슬라이딩을 해도 나를 막을 수 없다고 해.
하루만이라도 안 움직이면 안 되냐고? 크면 안 그러겠지.

부드러운 요정 법칙

내 몸은 부들부들, 내가 하는 게임도 부들부들, 친구를 사귈 때도 부들부들해.

나는 솜사탕처럼 부드럽고, 달콤한 젤리처럼 부드럽고, 아이스크림처럼 부드러워.

난 이 세상에 옳고 그름도 없고, 흑과 백도 없는 것 같아.

이래도 좋고 저래도 재미있지. 어른들은 왜 그런 부드러움을 이해하지 못할까?

엉뚱한 요정 법칙

만약 농담을 하지 않는다면 이 세상에 아이가 필요할까?

만약 짓궂은 장난을 치지 않는다면 이 세상에 놀이가 필요할까?

진정한 광기는 우리만 이해할 수 있어.

한계는 없어.

그냥 상상하기만 하면 얼마든지 흰 구름 위를 뒹굴고 이슬방울 안에서 춤을 출 수 있어.

너도 해봐! 도대체 어떤 걸 더럽다고 하는 거야?

줄서기

동쪽에서 서쪽으로 줄서고, 아침부터 밤까지 줄서고, 더울 때부터 추울 때까지 줄선다.

무엇을 위해 줄서는 걸까? 왜 줄을 서는 걸까? 하루 종일 줄을 선다.

엄마야, 다음 생일에는 조심해야겠어….

어떤 아이는 세상이 기울어진 것이라고 생각하고,
어떤 아이는 세상이 평평한 것이라고 생각하며,
어떤 아이는 세상이 뾰족한 것이라고 생각한다.
사실 세상은 어른의 것이다.

한 살 때….

세 살 때….

다섯 살 때….

지금의 나….

친구 앞….

선생님 앞….

부모님 앞….

내 앞….

평생 나무 위에서 사는 것도 괜찮겠다.

이건 내가 원한 장난감이 아니야.

평생 구덩이 안에서 사는 것도 괜찮겠어.

이건 내가 원한 음식이 아니야.

평생 물속에서 사는 것도 괜찮겠군.

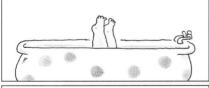

이건 내가 원한 삶이 아니야.

어디든 평생 부모님 기대 안에서
사는 것보다 나을 거야.

이 사람들은 내가 원한 부모가 아니야.

숙제해라.　　　　　　　　　싫어요!

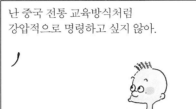

난 중국 전통 교육방식처럼
강압적으로 명령하고 싶지 않아.

서양처럼 자발적으로
하게 만드는 교육방식을　　　좋아요.
쓰고 싶어. 어때?

숙제해라.　　　　　　　　　NO!

엄마, 동정심이 뭐예요?

누군가 원하지 않는 일을 겪었을 때
보내는 감정적인 지지란다.

알았어요. 이건 제 성적표예요.

동정심! 잊으면 안 돼요,
동정심.

● 부모는 자기 아이의 미래가 누군가를 닮기를 바라고, 아이는 자신의 미래가 부모를 닮지 않기를 바란다.

● 아이는 태어나기 전에 엄마 배를 아프게 하고, 태어난 후에는 엄마 머리를 아프게 한다.

얼른 숙제하고 영어 공부해!

아빠, 세상에 우연이 많나요?

제 어린 시절은 한 번뿐이니까 신경 쓰지 마세요!

그래, 해석하기 힘든 불가사의한 우연이 많지.

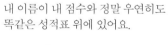

그럼 맞네요.

내 중년 시절도 한 번뿐이니까 너 신경 쓰게 만들지 마!

내 이름이 내 점수와 정말 우연히도 똑같은 성적표 위에 있어요.

고조할아버지가
증조할아버지를 때렸나요?

응.

증조할아버지는
할아버지를 때렸나요?

응.

할아버지는
아빠를 때렸어요?

응.

휴! 아빠, 그렇게 대대로
때리는 것만 방법은 아니에요.

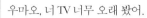

우마오, 너 TV 너무 오래 봤어.

전 지금 실험 중이에요.

이렇게 계속 보면 눈이 나빠지는지,
아니면 TV가 나빠지는지.

그러진 않을 걸. 그냥 내 성질만 나빠지지.

● 아이는 단 두 가지 일만 한다.
자신을 웃게 만들거나 부모를
미치게 만드는 일.

● 부모가 아이를 학교에 보내는
일을 좋아하는 것은 결코 아이
가 지식을 배워서만이 아니라
그래야 부모를 귀찮게 하지 않
기 때문이다.

● 엄마는 늘 자기 아이가 다른 집
아이보다 재능 있다고 여긴다.
아빠는 늘 자기 아이가 다른 집
아이보다 못할까 봐 걱정한다.

애야, 넌 나의 보배야.

우마오, 그렇게
구석에서 웅크리고 있지 마.

- 휴가를 즐겁게 보내려면 건 아이 혹은 부모를 데려오지 않아야 한다.

- 아이는 잘못을 통해 배우는 것을 좋아한다. 그래서 부모는 아이의 가장 좋은 학습 본보기다.

- 성적표를 받을 때, 부모는 자기 아이의 IQ가 좋기를 바라고 아이는 자기 부모의 EQ가 좋기를 바란다.

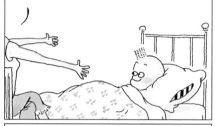

너에게 더 좋은 삶, 더 좋은 환경,
더 좋은 조건을 주고 싶어.

로봇 하나 못 샀다고
세상이 끝나는 건 아니야.

여보, 자기가 원하던 옷이 다 팔렸대.

저에게 더 좋은 아빠를
주실 순 없어요?

우마오, 너 자리 좀 양보해라.

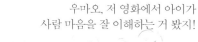

우마오, 저 영화에서 아이가
사람 마음을 잘 이해하는 거 봤지!

TV 그만 봐.

● 부모는 자기 아이의 IQ가 250
이 되길 바란다. 그런 아이는 자
란 후에 다른 아이보다 더 빨리
자신의 부모가 205♥임을 알게
된다.

● 부모: 다음 시험에서는 더 좋은
성적을 받았으면.
아이: 다음 생에는 더 좋은 부
모를 만났으면.

엄마가 제게 그 정도 출연료를 준다면,
저도 잘 이해해드릴 수 있어요.

그럼 TV가 절 보면 안 돼요?

♥ 중국어로 '205(二百五)'는 '멍청이'라는 뜻

아이는 심심함을 못 느낀다. 단
지 부모가 심심하다는 것은 느
낄 수 있다.

요즘 부모는 너무 바빠서 종종
아이를 돌볼 겨를이 없다. 그래
서 아이도 자란 후에 종종 부
모를 모실 겨를이 없다.

아이를 단속하고 가르치는 것
이 부족한 가정은 동물원이다.
아이를 충분히 단속하고 가르
친 가정은 서커스다.

양치질했니?

했어요.

세수는?

했어요.

목욕은?

했어요.

거짓말은?

했어요.

쳇, 역시 나이 먹은 사람이
더 노련하군.

하……

우……

아……

휴, TV가 고장 날 때마다 난
엄마가 돌리는 대로 바뀌는
채널이 되어야 해.

긴 바늘이 한 바퀴 돌면
한 시간이 없어지고

짧은 바늘이 두 바퀴 돌면 하루가 없어져.

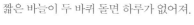

방금 내 용돈이 없어졌어.

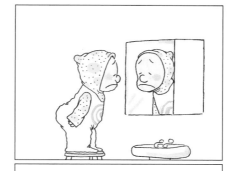

엄마, 용돈 더 주세요….

● 아이가 가장 잘하는 질문은:
왜요?
부모가 가장 잘하는 대답은:
넌 몰라.
선생님이 가장 잘하는 말은:
공부해!

● 유전이란 아이가 시험에서 빵
점을 맞았을 때 아이와 부모
가 동시에 생각하게 되는 항목
이다.

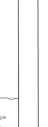
야, 샤오웨이가 엄마한테 벌서고 있어.

여보세요.
너희 엄마 아빠 집에 계시니?

- 아이가 아빠를 닮는 것은 영광
스러운 일이고, 아이가 엄마를
닮는 것은 행복한 일이지만, 엄
마 아빠가 아이를 닮는 것은
끔찍한 일이다.

- 아이의 마음에는 수만 개의 '왜?'
가 들어 있다. '왜 내 부모를 선
택할 수 없나?'를 포함해서.

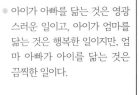
야, 바오얼이 아빠한테 벌로 본문 쓰기를
하고 있어.

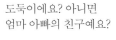
도둑이에요? 아니면
엄마 아빠의 친구예요?

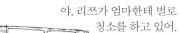
야, 리쯔가 엄마한테 벌로
청소를 하고 있어.

무슨 뜻이야?

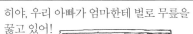
히야, 우리 아빠가 엄마한테 벌로 무릎을
꿇고 있어!

만약 친구면 집에 안 계시고요,
만약 도둑이면 집에 계시거든요.

너 '방목형 아이' 이야기 들어봤어?

아니.

● 부모는 항상 아이에게 열심히 공부해야 한다고 훈계한다. 안 그러면 커서 선택할 수 있는 것이 없다고 말한다. 사실 열심히 공부한 아이들도 커서 그다지 많은 선택을 할 수 있는 것은 아니다.

세상에, 우리 집 거실 벽이!

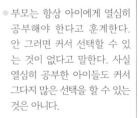

● 노력과 똑똑함의 차이란 부모는 아이에게 노력하지 않는다고 야단치려고 하고, 아이는 똑똑하지 않은 탓으로 미루려 하는 것이다.

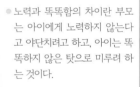

하지만 '방목형 아빠' 이야기는 꽤 들어봤어.

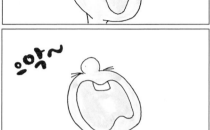
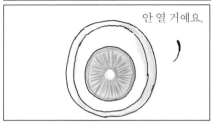

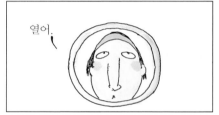

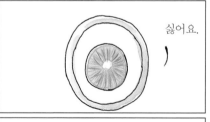

넌 왜 맨날 그런 모자를 쓰고 다니니?

오늘 시험이 있는데 공부를 못 했어요.

그 아버지에 그 아들이거든.

걱정 마. 분명히 잘 칠 거야.

무슨 뜻이야?

넌 엄청 똑똑하니까.

전부 꼼짝 마!

우리 엄마 아빠는 내가 똑똑한 애의 답지를 베끼길 바라나 봐.

넌 누굴 피하는 거니?

선생님.

우린 귀족 집안이란다. 아빠도 귀족,
엄마도 귀족, 너도 귀족 아이지.

아빠는요?

경찰.

우린 귀족 주택에서 살고, 귀족 용품을
사용하며, 귀족 친구들을 사귀지.
모든 것이 귀족화되어 있어.

그럼 엄마는요?

신용정보회사.

우리 집의 문제는 늘 누가 누구를
엄호해야 한다는 거야.

이런, 귀족 파리 한 마리가
귀족 수프에 빠졌어요!

우리 아빠가 그러는데, 최고의 인생은
최고 학교에 들어가 최고 선생님에게
배워 최고 성적을 받는 거래.

그리고 최고의 기업에 들어가
최고로 높은 월급을 받고 살다가
최고의 남자를 만나 결혼하는 거랬어.

그런데 어느 날
그런 최고의 인생이
싫어지면?

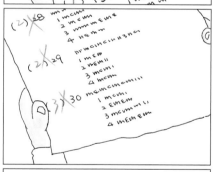

우리 아빠가 그러는데
최고의 자살 방법도 있대.

이번에는 답을 모두 골라 썼어요.
단지 문제랑 답이 따로 놀았을 뿐이에요.

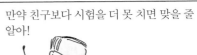
만약 친구보다 시험을 더 못 치면 맞을 줄 알아!

아직도 공부하러 안 갔어!

- 인내의 미덕은 모든 사람에게 필요하다. 특히 아이가 있는 사람에게는.

- 아이는 늘 조용하길 원할 때 떠들고, 시끄러운 것을 받아들이면 조용해진다.

- 부모가 아이를 데리고 서커스를 가는 목적은, 사자나 호랑이도 고분고분 말을 잘 듣는데 너는 왜 그러지 못하냐고 아이에게 경고하기 위함이다.

아직도 공부하러 안 갔어!

비싸이 아버님, 그런 협박은 아들에게 도움이 안 돼요.

그렇군요. 말씀 감사합니다.

아직도 공부하러 안 갔어!

비싸이 아버님, 지금은 시험 치는 중이라 공부를 할 수 없어요.

만약 우리 아들보다 시험을 더 잘 치면 맞을 줄 알아!

왜 그러고 있어?

웅변대회에서 2등 했어.

세상에, 2등 했는데도 벌을 받아?
너희 아빠의 아들로 사는 건 정말 힘들겠다.

응, 우리 엄마의 남편으로 사는 것도
거기서 거기야.

아이를 어떻게 가르친 거야?
2등밖에 못해!

우리 아들은   우리 아들은   우리 아들은
주산 달인이야.   화가야.   음악 천재야.

우리 아들은   우리 아들은   우리 아들은
다이빙 대회에서   오래달리기   스케이트보드
우승했어.   달인이야.   선수야.

                우리 아들은   우리 아들은
우리 아들은   어린   어린 과학자야.
어린 문학가야.   발명가야.

우리 엄마는 허풍쟁이야.

● 이 세상 동물은 기괴하고 다양
하지만, 이 세상 부모는 오직
한 종류다.
_어떤 아이가 한 말

● 아이는 귀신 이야기 듣는 것을
좋아한다. 부모가 이 세상에서
가장 무서운 존재가 아니라는
것을 스스로에게 설득시키기 위
해서다.

- 아이는 불쌍한 척하는 것을 좋아한다. 왜냐하면 부모들은 불쌍한 아이를 편애하기 때문이다.

- 아이를 지나치게 예뻐해라. 아이가 크면 자연스럽게 누군가 당신을 대신해 아이를 혼낼 것이다.

- 명심하라. 어릴 때부터 아이에게 절약하는 습관을 키워줘야 한다. 그렇지 않으면 그들이 자랐을 때 당신은 그들을 돌보지 못할 것이다.

부모의 사랑이 너무 지나치면 아이에게 문제가 생겨.

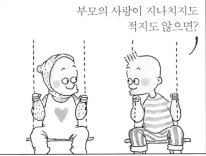
너무 적어도 아이에게 문제가 생기지.

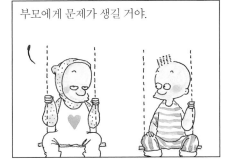
부모의 사랑이 지나치지도 적지도 않으면?

부모에게 문제가 생길 거야.

사람은 죽으면 어디로 가요?

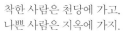

착한 사람은 천당에 가고,
나쁜 사람은 지옥에 가지.

이후 방송될 프로그램은
미성년자 관람불가 등급입니다.

● 적게 하면 적게 실수하고, 많이
하면 많이 실수한다. 하지 않는
것은 네 잘못이다.
_어떤 아이가 한 말

넌 나중에 천당에 가고 싶니?

폭력적이고 피비린내 나는 건
보지 마.

글쎄요,
전 '임천당'♥에 가고 싶은데.

♥ 임천당: 유명한 게임플랫폼

우리 엄마 아빠가
지난달에 이혼했어.　　　저런.

엄마 아빠가 이혼을 한다면,
난 누굴 따라가지?

● 아이: 통계학이 뭔가요?
아빠: 네가 가진 사탕과 다른
사람이 가진 사탕을 합쳐 평균
을 낸 후, 네 사탕은 여전히 네
가 갖고, 다른 사람 사탕도 여전
히 다른 사람이 갖는 걸 말해.

● 아이: 영양학이 뭐예요?
엄마: 모든 음식에서 네가 먹기
좋아하는 부분을 빼고 네가 먹
기 싫어하는 부분만 남긴 메뉴
를 말해.

그런데 이번 달에
또 합쳤어.　　　다행이다.

아빠를 따라가면
새엄마의 학대를 받을 것 같고

하지만 지난주에
또 이혼했어.　　　저런.

엄마를 따라가면
새아빠의 학대를 받을 것 같고

어젯밤에 또 합쳤어.
　　　거, 되게 번거롭네.

에이, 상관없어. 이혼 안 해서 두 사람에게
동시에 학대받는 것보다 낫겠지.

앉아.

굴러.

죽은 척 누워.

Very good.
착하지.

아이가 애완동물을 필요로 하는 건 부모의 기대를 우리에게 돌릴 수 있기 때문이지.

아빠, 물 주세요!

아빠, 물 좀 달라고요!

그런 식으로 아빠에게 명령하지 마!

종업원, 물 주세요!

● 지방은 요즘 아이의 일반적인 폐단이다. 탐욕은 요즘 어른의 일반적인 폐단이다.

● 어른은 스스로의 가치관을 다음 세대에 주입하려는 습관이 있다. 그들이 성공한 부모이든 실패한 부모이든 상관없이.

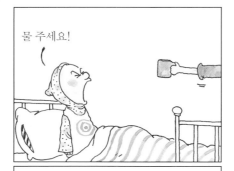

물 주세요!

오줌 마려워요!

죽고 싶어요!

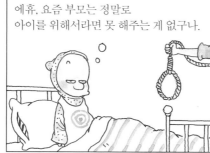

에휴, 요즘 부모는 정말로
아이를 위해서라면 못 해주는 게 없구나.

다녀왔습니다!

다녀왔습니다!

저 집에 왔다고요!

엄마 아빠, 다녀왔습니다.
오늘 시험 전부
빵점 맞았어요.

여보세요, 난 아주 흉악한 납치범인데,
너희 소중한 아들 피터우가 내 손에 있어.

그래, 참 잘했다. 빵점은 판에 박힌
교육체계에 구속되지 않았고 앞길에
무한한 가능성이 있다는 걸
보여주는 거란다.

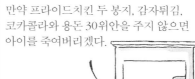

만약 프라이드치킨 두 봉지, 감자튀김,
코카콜라와 용돈 30위안을 주지 않으면
아이를 죽여버리겠다.

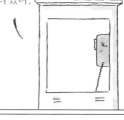

가르쳐주셔서 감사합니다.
앞으로도 계속 빵점을 맞아서
엄마 아빠를 기쁘게
해드릴게요.

10분 내로 집에 안 오면
너도 죽을 줄 알아!

엄마 아빠가 언제
집에 돌아오셨지?

이궁, 아이의 아이큐는
아이를 협박할 때만
통하는군.

만약 전 세계 어른들이 모두 내 부모라면 어떻게 하지?

4 혼자 학교에서

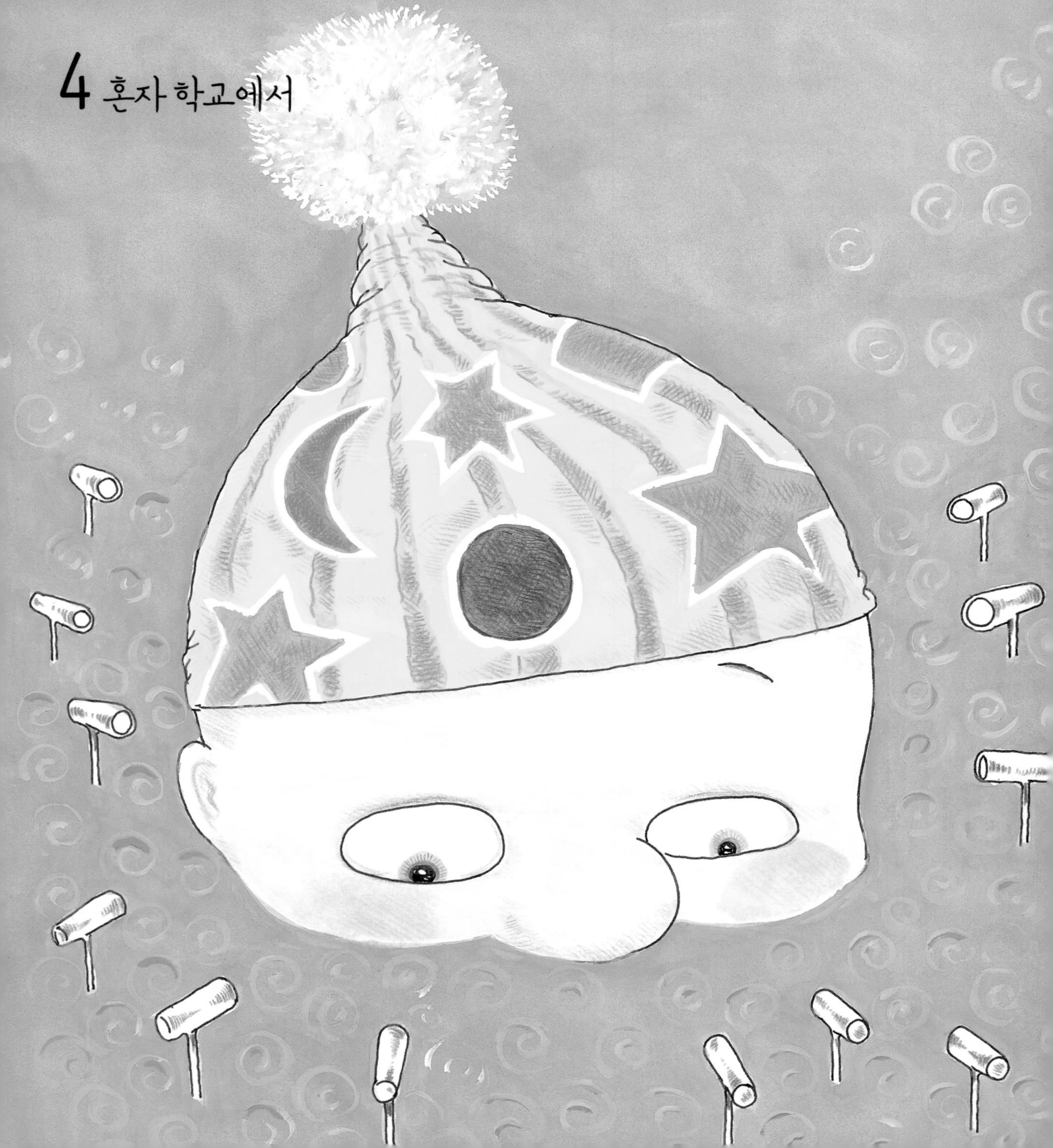

학교가 과자로 만들어진 집이고,
선생님이 아이스크림 눈사람이고,
교과서가 초콜릿 무스라면,
아마도 수업을 빼먹는 아이는 없을 거야.

휴, 남들은 분명히 우리가 합창단 연습을 하는 줄 알 거야.

만약 내가 착한 아이라면 천당에 가겠지.

만약 내가 나쁜 아이라면 지옥에 가겠지.

만약 착하지도 나쁘지도 않은 아이라면?

그냥 학교에 가겠구나….

손 높이 들어!

허리 더 숙여!

몸을 쭉 펴!

끙, 건강 체조를 하는데도
조금도 건강해지지 않아.

좌향좌!

우향우!

뒤로 돌아!

아이는 어른 때문에 돌고, 어른은
인생 때문에 돌고, 왜들 그러지….

세상은 평평해!   세상은 뾰족해!

평평하다구!   뾰족하단 말이야!

평평해!

세상은 평평할지 모르지만
절대로 공평하지는 않다.

제가 던진 거
아니에요!

♥ 차슈: 돼지고기 덩어리에 양념을 하여 바비큐 형식으로 구운 요리

● 아이는 한 장의 **백지**와 같고, 선생님은 아이를 한 장의 **시험지**로 생각한다.

● 덧셈, 뺄셈, 곱셈, 나눗셈은 아이가 이기적인 것을 배우는 첫 번째 단계다.

어떻게 한 글자도 못 쓰니?

도대체 어젯밤에 외우기는 한 거니?

외웠어요.

근데 그게 제 머릿속에 꽁꽁 숨어 있어서 찾지 못하는 것뿐이라고요.

선생님, 민주라는 건 소수가 다수에 따르는 건가요?

그래. 그게 바로 민주의 참뜻이야.

그럼 3+3은 6이 아니라 9여야 해요.

왜냐하면 다수의 친구가 답을 9라고 썼거든요.

날개?

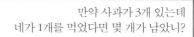

만약 사과가 3개 있는데
네가 1개를 먹었다면 몇 개가 남았니?

고리?

썩은 사과가 2개 남아요.

세상에! 나 죽은 거야?

왜 썩은 사과야?

아니, 넌 그냥 죽은 듯이 자는 중이야.

안 그러면 제가 사과를
2개나 남길 리 없잖아요.

● 아이는 크리스마스, 부활절, 어린이날을 좋아한다. 유일하게 좋아하지 않는 날은 금융의 날이다.

● 통계에 따르면, 90퍼센트의 아이가 산타 할아버지를 믿는다. 나머지 10퍼센트는 아빠가 너무 바빠서 산타 할아버지로 분장할 시간이 없다는 걸 안다.

이건 마음껏 생각을 펼쳐보는 문제야.
쇠고기 볶음 100위안, 탕수육 150위안,
계란국 50위안….

사과 한 상자는 1000위안,
바나나 한 상자는 500위안,
여지♥ 한 상자는 250위안

계란 조림 10위안, 김치 15위안,
돼지고기 볶음 100위안인데,
너에게 500위안이 있다면
어떻게 할래?

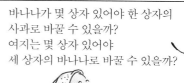

바나나가 몇 상자 있어야 한 상자의
사과로 바꿀 수 있을까?
여지는 몇 상자 있어야
세 상자의 바나나로 바꿀 수 있을까?

● 손 위에 있는 새 한 마리는 숲
속에 있는 여러 마리 새와 견줄
수 있다. 이 이치를 이해하는
아이는 없다.

● 입 속에 있는 사탕 하나는 가
게에 있는 여러 개의 사탕과 견
줄 수 있다. 이 이치는 모든 아
이가 안다. 다만 아이는 여전히
가게를 쳐다본다.

꼬르륵~

그럼 세 상자의 사과는
몇 상자의 바나나와 같고,
몇 상자의 여지와 같을까?

생각을 너무 펼쳤네!

선생님, 죄송한데 국가의 농업정책에
영향을 미치는 문제는 대답하기 곤란해요.

♥ 여지: 무환자나무과의 교목으로, 중국 남부에서는 과일 중의 왕으로 꼽힌다.

우리에게 지구는 단 하나뿐이야.

지구는 둥그니까 우리가 각자
반대 방향으로 걸어가면
다시 만날 수 있어.

그래서 우리는 지구를 잘 보호해야 해.

● 스웨덴 과학자의 연구에 따르
면, 이를 뽑으면 사람의 기억이
손상된다고 한다. 어쩐지 아이
는 늘 사탕이 이에 해롭다는 것
을 기억하지 못한다.

● 2kg의 단 음식은 1kg의 몸무
게 더하기 충치 1개와 같다.

● 금전관념이 없는 아이는 커서
도 돈을 벌 수 있다. 금전관념
이 생긴 아이는 이미 다 자란 것
이다.

지구에 저도 단 한 명뿐이에요.
그러니까 선생님은 저를 잘 보호해야 해요.

혜혜, 아이스크림도
지구처럼 둥그니까
우리가 만나나 봐.

교육학자들이 사람은 문자형, 그림형, 청각형, 촉각형으로 나뉜대요.

- 아이에게는 길에서 사탕 한 봉지를 줍는 것이 금 한 자루를 줍는 것보다 낫다.

- 아이는 나무 위에서 떨어지고 나면 비로소 만유인력을 믿는다.

- 어른은 늘 아이에게 시험에서 1등을 하면 장난감을 사주겠다고 격려한다. 하지만 문제는 시험에서 1등을 하려면 장난감을 가지고 놀 시간이 없다.

저는 촉각형에 속해요.

그럼 어떻게 해야 네 유형에 맞게 성적을 올릴 수 있니?

시험 칠 때 제가 다른 사람의 답안지를 만질 수 있게만 해주시면 돼요.

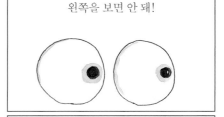
왼쪽을 보면 안 돼!

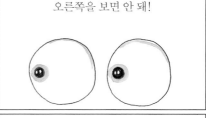
오른쪽을 보면 안 돼!

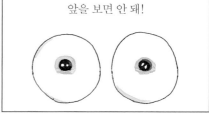
앞을 보면 안 돼!

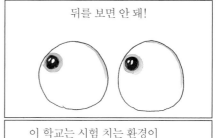
뒤를 보면 안 돼!

이 학교는 시험 치는 환경이 무척 안 좋군.

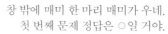

1번 정답은 ○야.

창 밖에 매미 한 마리 매미가 우네.
첫 번째 문제 정답은 ○일 거야.

1번 정답은 ○야.

담 모퉁이에 거미가 거미줄을 치고 있어.
두 번째 문제 정답은 ×일 거야.

● 아이에게는 장난감이 있는 곳
이 바로 낙원이고, 장난감이 없
는 곳이 바로 공원묘지다.

● 선생님: 왜 토끼의 귀가 길까요?
아이: 그래야 마술사가 토끼를
모자에서 쉽게 꺼낼 수 있으니
까요. 그것도 몰라요?

1번 정답은 ○야.

머릿속에 파리가 날아다녀.
3번 문제 정답은 ○일 거야.

너희들 유언비어를 퍼트리는 거니,
아니면 답을 전달하는 거니?

시험을 통과하지 못하면
다 저 벌레들 책임이야!

왕다바오, 100점.

피터우, 이번 시험 몇 점이야?

장샤오리, 100점.

리다웨이, 100점.

왜 한 번도 100점을 못 받니?

내 영공권이 평소와 다르게 위협받고 있어.

엄마, 이러면 100점 맞죠?

난 커서 미국이나 영국이나
프랑스로 유학갈 거야.

성적 나왔다.

유학은 무슨, 유급이네….

그렇게 공부 안 하면,
부모님에게 죄송한 거야.

그렇게 공부 안 하면,
선생님에게 죄송한 거야.

그렇게 공부 안 하면,
국가에 죄송한 거야.

양심의 가책을 너무 많이 받아서
수업을 못 받겠어.

영어 시간에는 서서 벌 받고….

우리는 저렇게 불쌍한 사람을
동정해야 해.

국어 시간에는 쭈그리고 벌 받고….

너무 괴로워하지 마.
벌서면 괜찮을 거야.

수학 시간에는 무릎 꿇는 벌 받고….

선생님, 우마오가 저 괴롭혀요!

체육 시간에는 손가락질 받고….

우린 저렇게 동정하는 사람을
불쌍히 여겨야 해.

선생님을 속이다니,
코 길어지면 어쩌려고.

헷, 내 코는 안 길어졌거든.

선생님 매가 길어졌네….

1, 2,

3!

선생님, 두 대만 때리신다더니
왜 세 대 때려요?

넌 5+3이 12라고 했잖니.
나도 1+1이 3이라고 못 할 거 없잖아?

난 정말
착한 아이야.

넌 정말
나쁜 녀석이야.

● 아이의 세계엔 죄가 없다. 오직
  배고픔만 있을 뿐이다.
    _방금 햄버거를 다 먹고 아직 핫도
    그를 먹지 않은 어느 아이가 한 말

● 소위 플라토닉 단 음식이란, 아
  이들이 사탕가게의 유리창 밖
  에서 쪼그리고 앉아서 보고 있
  는 것이다.

● 소위 설상가상이란 아이스크림
  위에 얼음을 더하는 것이다.
    _아이가 내린 정의

착한 아이라고!

나쁜 녀석이야!

착한 아이!

학생과

요 나쁜 녀석아!

선생님, 저희도 제법 컸으니
자존심은 지켜주세요.

그래서 말인데, 앞으로는 서 있거나
쪼그리고 앉는 벌은 시키지 마세요.

그럼 무릎을 꿇는 건?

그건 괜찮을 것 같아요.
왜냐하면 우리 아빠는 저렇게 컸는데도
맨날 엄마 앞에서 무릎을 꿇으시거든요.

그렇게 간단한 문제는 엄마에게 물어봐!

그렇게 간단한 문제는
선생님께 여쭤봐!

그렇게 간단한 문제는
너 스스로 생각해야지!

나 스스로 생각한 방법은 이것뿐이야….

첫 번째 문제 답은 ○이네.

두 번째 문제 답은 ×네.

저건 무슨 뜻이지?

… 선생님이 다가온다는 뜻이구나….

● 아이 말의 법칙
① 늘 질문해서는 안 될 때 질
　문을 한다.
② 늘 해서는 안 되는 말을 한다.
③ 한 가지 질문에 어른이 대답
　하면, 거기서 파생된 질문을
　열 가지 더 한다.
④ 늘 어른도 대답하기 힘든 질
　문을 한다.

피터우, 수학 100점.

세상에, 놀랍게도 100점이라니!
너도 네 눈을 못 믿겠지?

그 반대야. 시험 칠 때
난 내 눈을 믿었거든.

우리 학교에서
내일 대청소를 한대.   우리도 그래.

우리는 걸레랑 비누랑 솔이랑
물통을 가져가야 해.

우린 그냥 하인을 데려가면 돼.

역시 귀족 학교야….

우리 엄마 아빠가 날
귀족 학교에 보내실 거래.

귀족 학교가 뭐야?

아이는 귀족으로 만들고
부모는 노예로 만드는
학교지.

암산대회 1등

그림대회 1등

암송대회 1등

너 뭐 하니?
이건 네 엄마 유골이야.

● 절대아이 집만의 비밀 용어
① 오늘 엉덩이가 따뜻했니?:
   엉덩이 맞았니?
② 오늘 하늘이니?♥ : 오늘 오
   전에 시간 있니?
③ 내통했니?: 전화하고 놀았니?
④ 머리에 피가 꽉 찼니?: 책 읽
   었니?
⑤ 귀에 구멍이 뚫렸니?: 잔소리
   들었니?
⑥ 입체음향 효과였어?: 엄마 아
   빠 두 분에게 모두 야단맞
   았니?

♥ '오전(上午)에 시간 있니(有空)'라는 말을 줄여 '上空(상공/하늘)'이라고 표현했다. 우리말로 '오전에 시간'을 줄여 '오늘
오시니?' 혹은 '오늘 오전에 시간 있니'라는 의미다.

심사위원 여러분,
선생님, 안녕하세요.

제가 오늘 연설할 내용은
'시간은 화살처럼
빨리 지나간다'입니다.

제가 오늘 연설할 내용은 '시간은
화살처럼 빨리 지나간다'입니다.

그래서인지 아직 제 연설을 다 못했는데
시간이 벌써 지나가버렸네요.

● 절대아이 학교만의 비밀 용어
① 미꾸라지 되기: 수업 빼먹기
② 스캐닝: 시험 커닝
③ X광♥: 답지에 온통 X뿐이라
　서 따귀 맞다
④ 폭격: 엄청 많은 숙제
⑤ 붉은색 폭탄: 성적표 발송
⑥ 손바닥 단련 훈련: 사랑의
　매로 손바닥을 맞는 일
⑦ 베토벤: 안 들리는 척하기
⑧ 사고력 확장: 단체로 나쁜
　짓 꾸미기

선생님, 친구들 모두 감사합니다.

근데 왜 내 연설 시간은 조금도
화살 같지 않지?

♥ 'X광'의 '光'은 '볼(耳光)'에서 따온 것인데, 'X광'을 'X빰'으로 의역하였다.

제가 오늘 연설할 내용은
'시간은 한 살과 같다'입니다.

한 살이 아니라
화살이겠지.

소위 톰이 바로 마리입니다.

Time is Money야.

그러니까 우리는 시간을
'어서 옵쇼' ♥ 해야 합니다.

시간을 '아껴 써야'라고
해야지.

10분 동안 나를 벌 세우려 했던
연설 지도 선생님이
한 시간이나 벌을 서야 한대.

교무서

이거 놓지 못해! 이어달리기에서는
그렇게 배턴을 떨어뜨리더니
이 몽둥이는 왜 이렇게 꽉 잡는 거니!

♥ '시간을 아껴 써라(愛惜光阴)'와 발음이 비슷한 '어서옵쇼(欢迎光临)'를 썼다.

12야드 페널티킥….

원 스트라이크

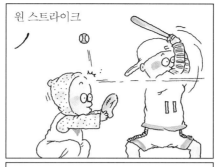

선수들 마치 큰 적을 만난 것처럼
긴장했다….

투 스트라이크

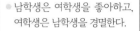

남학생은 여학생을 좋아하고,
여학생은 남학생을 경멸한다.

부모는 아이가 조지 워싱턴의
성실함을 본받기를 바란다. 그
러면서도 그들은 안타깝게도
워싱턴 아버지의 관용정신♥을
본받지 못한다.

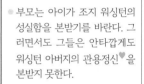

너무 너무 긴장했는데….

쓰리 스트라이크

요즘 아이들은 조지 워싱턴이
라는 말을 들으면 '성실함'을
생각하는 것이 아니라 체리가
얼마나 맛있을까를 생각한다.

특히 더 긴장한 선수가 있네….

포수 삼진 아웃!

♥ 관용정신: 조지 워싱턴이 어릴 적 아버지가 아끼는 '체리나무'를 자르고 솔직히 말하자 아버지가 용서해줬다는 일화에서
뽑아낸 말

만약 세상 모든 학교가 우리의 서커스로 변한다면 어떨까?

만약 어느 날 돌멩이가 솜사탕으로 변하고,
빗방울이 사이다로 변하고,
잡초가 감자튀김으로 변하고,
폭탄이 프라이드치킨으로 변하고,
부모가 안 보이게 된다면….

학교 가!

학교 안 가!

학교는 안 가도
침대에서 내려와.

아픈 척, 바보인 척, 죽은 척,
학교에 안 간다면야.

학교 가자

내가 크면 이런 모습이 될까?

혹은 이런 모습?

아니면 이런 모습?

아마 이런 모습일지도?

상관없어. 크면 어차피
성형외과 선생님 결정에 맡길 텐데, 뭐.

내가 크면 이런 모습이 될까?

혹은 이런 모습?

아니면 이런 모습?

아마 이런 모습일지도?

상관없어. 크면 어차피
결혼한 여자에 따라 결정될 텐데, 뭐.

만약에 과학자가 된다면
내 인생은 느낌표로 가득할 거야.

만약에 고고학자가 된다면,
내 인생은 물음표로 가득할 거야.

만약에 수학자가 된다면, 내 인생은
루트 표로 가득할 거야.

만약 의사가 된다면
내 인생은 진찰표로 가득하겠지.

알고 보니 자라면 이렇게!

우리 연인 맞아, 아니야?

아니야.

쿵~!

퍽~!

우리 연인 맞아, 아니야?

맞아.

이상한 분장하지 마.

이건 분장한 게
아니라, 리얼이야.

162

가위, 바위, 보.
하하. 네가 졌어.

가위, 바위, 보.
하하, 너 또 졌어.

딱!

방금 쟤가 낸 게 보야,
손바닥이야?

우리가 방금 이성적으로 회의했는데….

널 비이성적으로 대하자고 결론이 났어.

- 만약 아이가 마법을 얻게 된다면, 자신의 세계를 상상력이 충만한 세계로 바꿀 것이다. 만약 어른이 마법을 얻게 된다면, 자신의 세계를 돈이 충만한 세계로 바꿀 것이다.

- 오직 아이만이 지폐를 오색 종이테이프로 바꾸고, 주식을 트럼프 카드로 바꾸고, 선물(先物)을 다이아몬드 게임으로 바꾸고, 부동산을 퍼즐 장난감으로 바꿀 수 있다.

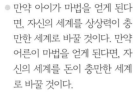

어린 암돼지들아! 손 똑바로 뻗어!

기름 덩어리들아! 가슴 펴고,
머리를 뒤로 젖혀!

공룡처럼 생긴 아가씨들! 몸을 곧게
세우고, 균형 잡아!

에휴, 몸에 균형이 잡히면 뭐 해,
마음의 균형은 완전히 깨졌는데.

감동영화는
장애인을 우대해주고

전쟁영화는
군인들을 우대해주고

청소년영화는
학생들을 우대해주는데

왜 폭력영화는 폭력가정 출신의 나를
우대해주지 않는 거예요?

● 아이의 세계에서는 공주가 개
구리를 왕자로 변신시키길 바라
고 어른의 세계에서는 공주가
개구리를 금으로 변신시키길 바
란다.

● 아이의 세계에서는 코끼리도
춤을 출 수 있고, 물고기도 날
수 있고, 작은 새도 말할 수 있
고, 어른도 꿈을 꿀 수 있다.

● 아이의 세계에서는 단지 장난
감이 있는 계급과 장난감이 없
는 계급만 있을 뿐이다.

- 사기 위해 파괴하는 엄마
  _새 장난감을 사기 좋아하는 아이
    가 한 말

- 아이 세계의 아름다운 마법 법
  칙: 사람들이 입은 옷은 모두
  별빛이고, 거리는 온통 무지개
  고, 집은 모두 흰 구름 모양이
  고, 자동차는 모두 꽃잎 색깔
  이다.

우대권 한 장이요.

반액권 주세요.

애야, 이건 미성년자
관람 불가야.

내가 몇 번이나 말했니? 이건
미성년자 관람 불가라고!

저도 알아요. 제가 나이는 비록 어리지만
마음은 이미 성숙했다고요.

미안하지만, 미성년자 관람 불가는
나이는 충분히 먹었는데 마음은
성숙하지 못한 사람이
보는 거란다.

헉… 방금 매표원이 한 말도
미성년자 청취 불가였어….

일반표 한 장이요.

한 장 주세요.

얘들아, 세 사람이면
표를 세 장 사야지.

● 아이 세계의 평화 마법의 법칙:
선생님은 학생들의 말을 듣고,
부모는 아이를 야단치지 않고,
월요일에서 토요일까지 날마다
일요일이다.

● 아이의 세계는 마치 마법사의
모자와 같아서, 그 안에서 무
엇이든 나온다.

헤헤, 성공했다.

저도 알아요.

이 영화는
높이 제한이 있어.

근데 공포영화를 보다 보면 우리가 늘
한자리에 모여 앉게 되거든요.

- 아이가 생각하는 완벽한 동화 결말: 그리하여 왕자와 공주는 평생 즐겁게 사탕을 먹었답니다.

- 아이가 꿈꾸는 즐거운 가정: 아빠는 슈퍼히어로, 엄마는 슈퍼내니(육아의 달인), 형제는 일곱 난쟁이, 친구는 피터 팬, 애완동물은 작은 요정, 집은 동물원.

애들아, 왜 한쪽 눈을 번갈아가면서 가리니?

애들아, 영화 다 끝났어.

한쪽 눈이 너무 오랫동안 놀라지 말라고요.

와, 정말 재미있었지.

준비해, 무서운 장면 나온다.

● 아이가 정의하는 행복한 삶: 모든 어른이 아이로 변해서 우리와 함께 논다. 모든 장난감이 살아나서 우리와 함께 논다. 모든 음식이 달달해서 우리가 다 같이 모여서 먹는다.

준비해, 또 무서운 장면 나온다.

저기요, 지난번에 제가 샀던 팝콘은 520개였는데 오늘은 490개밖에 없어요!

● 아이의 세계에서는 실패자가 없다. 아이들은 근본적으로 성공에 연연하지 않기 때문이다.

이봐, 네 차례야!

정말 불공평해. 왜 마지막 무서운 결말을 내가 봐야 하는 건데….

방해하지 마.
나 지금 감동적인 이야기를 쓰고 있어.

이야기가 간결하지 못해. 질질 끌기만 하고. 조금도 감동적이지 않아.

방해하지 마. 나 지금 사람을 아주 짜증 나게 만드는 이야기를 쓰고 있어.

내가 아주 슬픈 소설을
하나 썼어.

이 소설 웃겨 죽겠다.
하나도 안 슬퍼.

슬픈 소설이 아니라 슬픈 소설가네.

슬픈 소설은 반드시
세 가지 조건을 갖춰야 해.

첫째는 슬픈 줄거리.
둘째는 슬픈 인물.

그럼 셋째는?

슬픈 독자야.

● 매주 30시간 TV를 본다면 당
신은 티비홀릭. 매주 30시간 책
을 읽는다면 당신은 책벌레. 매
주 30시간을 먹고 마신다면 당
신은 뚱뚱보. 매주 30시간 엉
뚱한 상상을 하고 있다면 당신
은 바로 정상적인 아이.

● 동심은 영원히 사라지지 않을
것이다. 단지 욕심에 의해 대체
될 뿐이다.

난 대문호가 될 거야.

난 나중에 글을 써서 먹고살 거야.

난 나중에 구걸로 먹고살 거야.

근데 네가 쓴 글은 문장이 매끄럽지도
않고, 단어도 틀리고, 앞뒤 연결도
안 되고, 도무지 이해할 수 없어.

대문호가
큰 물음부호가 되었군!

동업자의 질투로군.

내가 지금 대단한 애정소설을
하나 쓰고 있어.

이게 뭐야! 남자 주인공은 금방 죽고,
여자 주인공은 끝까지 안 나오잖아!

그래서 대단하다는 거야!

만약 이 세상에 닭이 없으면?

프라이드치킨이 없겠지.

그럼 돼지가 없으면?

돈가스가 없겠지.

그럼 소가 없으면?

햄버거가 없겠지.

그럼 양이 없으면?

불면증에 걸린 사람들이
난리 나겠지.

어떤 사람은 자고 싶으면 양을 센대.

너 지금 뭐 하는 거야?

그럼 깨고 싶으면?

오줌 마려워.

수를 거꾸로 세겠지.
양의 수가 줄어들수록
깨어날 일이 무섭고
걱정될 거야.

오줌이 마려운 거랑
눈을 가리는 게 무슨 상관이야?

자본주의에 물든 녀석.

전봇대를 볼까 봐 두렵거든.

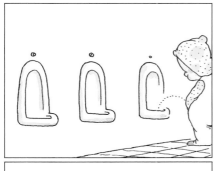

난 정말 공평한 사람이야.

너 바닥에 엎드려서 뭐 해?

개가 된 느낌이
어떤지 보려고.

와, 넌 지식에 대한 욕심과 실험정신이
있어서 나중에 꼭 성공할 거야.

앞잡이 개가 되는 느낌은 이렇군.

● 아이가 돈에 대한 개념이 없는 것은 그들 자신을 보호하는 일종의 방법이다.

● 아이는 절대적으로 울기를 좋아한다. 피부가 벗겨지면 1분 울고, 이가 빠지면 5분 울고, 손가락을 다치면 10분 울고, 장난감이 망가지면 반나절을 울고, 왜 우는지 알게 되면 하루 종일 운다.

내 아이큐는 250이야. 너희는?

난 150.   난 130.   난 137.

흠, 내 아이큐는 말하면 깜짝 놀랄 걸.

천재를 놀라게 하는 거니, 바보를 놀라게 하는 거니?

난 아마 천재일 수도, 바보일 수도 있어.

잘 모르지만, 천재는 여러 종류가 있어. 수학천재, 물리천재, 화학천재….

… 음악천재, 그림천재, 언어천재….

골치 아파. 그냥 바보가 될래. 적어도 바보는 한 종류만 있잖아.

난 과연 천재일까? 아니면 바보일까?

천재의 특징이 뭐지?

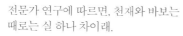

전문가 연구에 따르면, 천재와 바보는 때로는 실 하나 차이래.

천재적인 부분은 천재지만, 나머지 부분은 바보 같아.

근데 그 선이 털실일까? 아니면 나일론실일까?

그럼 바보는?

바보.

바보 같은 부분은 바보 같고, 나머지는 꼭 너 같지.

● 아이들 생일 파티 법칙
 ① 친한 친구를 초대하지 마라. 마지막에 케이크를 똑같이 나누지 않았다고 뒤엉켜 싸운다.
 ② 나쁜 친구를 초대하지 마라. 마지막에 더 뒤엉켜 싸운다.
 ③ 초대한 남학생과 여학생 수가 비슷해야 한다. 그렇지 않으면 또 뒤엉켜 싸운다.
 ④ 어떤 멋진 계획을 세웠든 간에, 아이들은 케이크를 먹고 나면 뒤엉켜 싸운다.
 ⑤ 파티 물건이 깨지는 수와 소리를 지르며 떠드는 정도와 아이의 수는 정비례한다.
 ⑥ 만약 파티 내내 아이의 울음이나 싸움이 없었다면, 마지막에 부모들 사이가 틀어져 뒤엉켜 싸운다.

천재는 때로는
바보처럼 보인다.

난 천재일까? 아니면 바보일까?

하지만 진정한 천재는
누가 천재인지 구분해낼수 있지.

1 더하기 1은 얼마야?

그럼 바보는?

3.

스스로 구분해낼수 있지.

너 집중하는 모습은 천재인데,
계산해낸 답은 바보 같았어.

1 더하기 1은
도대체 얼마야?

만약 네가 밥을 한 번 먹었어.
그런데 샤오밍의 밥까지 먹는다면,
넌 몇 번을 먹은 거지?

이렇게 비유를 들어볼게. 천재 한 명과
바보 한 명을 더하면 뭐야?

세 번.

우리 엄마가 우리 아빠에게
한 말을 미루어보면….

이 바보야,
두 번이지!

정답은 나야.

샤오밍한테
꿀밤도 먹잖아.

● 아이와 노인의 차이는, 전자는 항상 지퍼를 잠그는 걸 잊어버리고 후자는 항상 지퍼를 내리는 것을 잊어버린다는 것이다.

● 아이의 세계에서는 차분함이 필요 없다. 단지 차가움이 필요할 뿐이다. 그래서 아이에게는 아이스크림을 많이 사줘야 한다.

● 세상에서 가장 가치 있는 유화
  는, 방금 전 프라이드치킨을 먹
  은 사람의 기름진 얼굴이다.
  _어떤 아이의 생각

● 아주 어린아이에게는 모든 것
  이 다 음식이다. 어린이에게는
  어떤 것들만 음식이다. 어른에
  게는 먹을 수 있는 것만 음식
  이다.

만약 신등에 소원을 빈다면
뚱뚱한 아이: 저에게 사탕을
주세요.
놀기 좋아하는 아이: 저에게
장난감을 주세요.
공부하는 아이: 1등을 하게 해
주세요.
절대꼬마: 저에게 신등 열 개만
더 주세요.

드디어 백마 탄
왕자님이 왔구나.

주인님,
부르셨습니까?

첫 키스를 한 상대와
결혼해야지.

엄마와 선생님이 내 앞에
나타나지 않게 해줘.

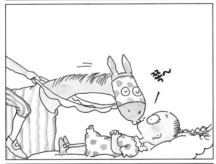

쪽~

좋아요, 소원이 이루어졌습니다.

일어나!
얼른 잠을 깨라구!

이런, 내 뒤에서 나타나는 것은
생각 못 했네.

정말 나빠! 너 먹으려고
우릴 해치다니.

정말 나빠! 너 먹으려고
우릴 해치다니.

엄마야, 너무 무섭다.
그냥 사탕이나 먹는 게 좋겠어.

정말 나빠.
사탕 먹는다고
우릴 해치다니.

하나….

둘….

셋!
뽑았다!

윽… 난 동화세상이
아이들 것인 줄만
알았어….

전 세계의 어린 요정들이 내 친구가 된다면 얼마나 재미있을까!

잠깐,
네 마음속에 아직도
한 아이가 살고 있니?

어른들에게 조금씩 잊혀가는 아이의 세계,
아이가 자라면서 날마다 잊어버리는 그 느낌들,
사실 그것들은 진실한 세상 한구석에 숨어서,
언제나 네가 돌아오기를 기다리고 있을지도 몰라.

《절대꼬마》2학년이 되다
그들은 얼마나 새로운 '절대말썽'을 피울까?

어휴, 큰일 났다. 1학년 공부도
아직 다 못했는데….

헤헤, 또 괴롭힐
친구들이 생겼어.

훌쩍, 왜 2학년이 있지?
1학년만 지나면 초등학교
졸업하는 줄 알았는데.

개학이야,
땡땡이치지 마!

아이와 어른 사이는 한바탕 전쟁이다.
아이와 아이 사이는 일종의 놀이다.
아이와 말썽 사이는 한 단락의 어린 시절이다.
날마다 또 한 번 아이가 되고 싶다면

《절대꼬마》 2편을 기대해주세요.

狗仔, 파파라치
거우짜이

狐狸妹, 여우소녀
후리메이

波波, 물결/파도
보보

안녕, 우린 새 친구들이야.
개학날 만나자.

절대꼬마 ❶

1판 1쇄 인쇄 2019년 12월 13일
1판 1쇄 발행 2019년 12월 20일

지은이 | 주더융
옮긴이 | 김진아
펴낸이 | 최윤하
펴낸곳 | 정민미디어
주 소 | (151-834) 서울시 관악구 행운동 1666-45, F
전 화 | 02-888-0991
팩 스 | 02-871-0995
이메일 | pceo@daum.net
홈페이지 | www.hyuneum.com
편집 | 미토스
디자인 | 디자인 [연:우]

ⓒ 정민미디어

ISBN   979-11-86276-72-3 (04820)
ISBN   979-11-86276-71-6 (세트)

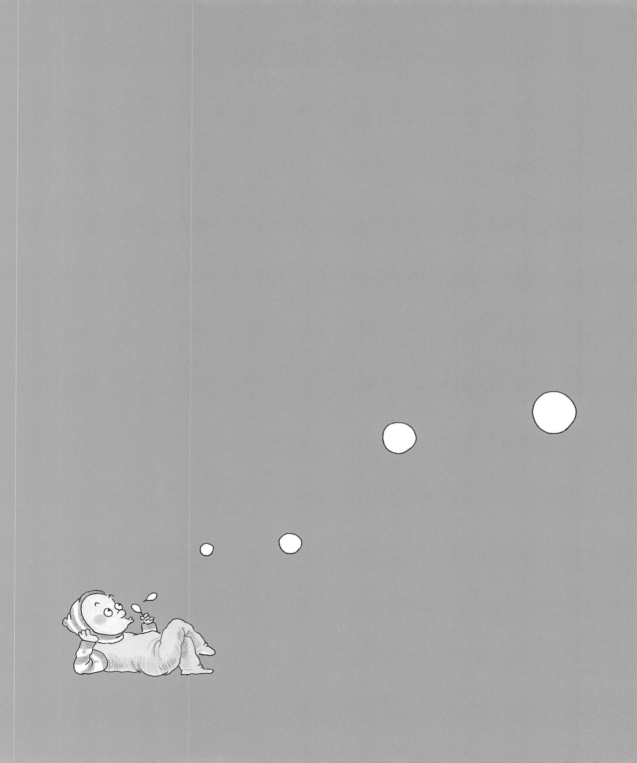

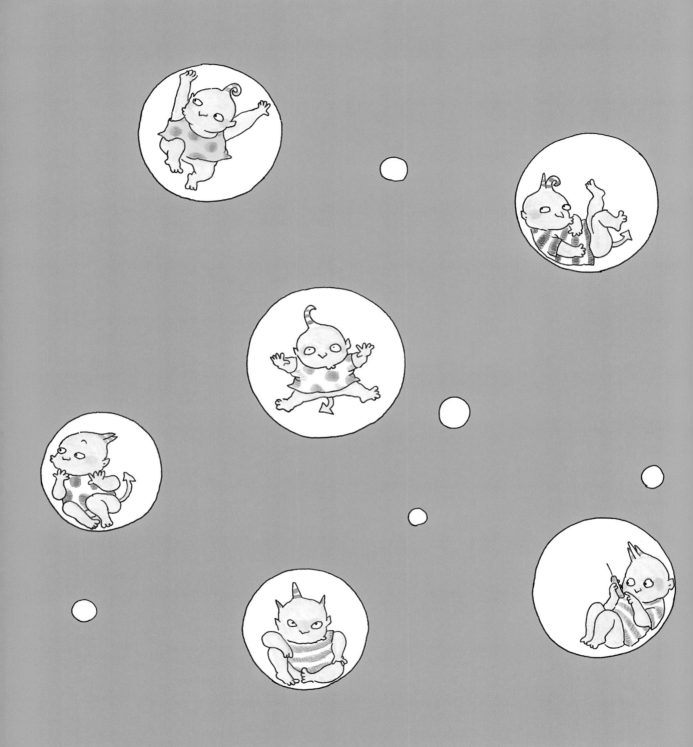